人生洞察力丛书

光与影的辩白

培根人生随笔

Francis Bacon

[英]培根 著

张颖 译

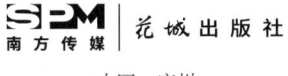

中国·广州

图书在版编目（CIP）数据

光与影的辩白：培根人生随笔 / （英）培根著；张颖译. -- 广州：花城出版社，2025.8. --（人生洞察力书丛）. -- ISBN 978-7-5749-0441-5

Ⅰ．I561.63

中国国家版本馆CIP数据核字第2025B7T326号

光与影的辩白：培根人生随笔
GUANG YU YING DE BIANBAI：PEIGEN RENSHENG SUIBI

[英]培根/著　　张颖/译

出版人	张懿
责任编辑	林　菁　鲁静雯
责任校对	张　申
技术编辑	凌春梅
装帧设计	DarkSlayer
出版发行	花城出版社
经　　销	全国新华书店
印　　刷	广州市岭美文化科技有限公司
开　　本	787毫米×1092毫米　32开
印　　张	7.375　1插页
字　　数	115,000字
版　　次	2025年8月第1版　2025年8月第1次印刷
定　　价	48.00元

版权所有·侵权必究。如发现印装质量问题，请与出版社联系。

联系电话：020-37604658　37602954

序　言

张　颖

2024年秋天，接到花城出版社编辑发来的消息，培根的随笔集有机会再版，感谢之余，颇为意外。距离翻译这本书过去十年了，许多记忆被尘封在大变动中，偶尔浮现也如落灰的旧胶片一样，褪色、混乱，带有迷幻色彩。

十年前，世界和我都不一样——AI没有深入我们的日常生活，知识与启蒙的必要性还未如今天这般令人怀疑，人文学科也还未真正面临被淘汰的风险；我自己正满怀希望地学着如何从学生变成教师，从少女变成母亲。未来与时间仍然在一个较为"稳定、可期"的框架中稳步向前。

翻译工作也以一种人文"阅读"的传统方式进行。大部分的工作是我在广州家中的餐桌上，以及珠江新城的某咖啡馆中完成的——咖啡馆的落地灯架是一摞书的形状，幽光投射在17世纪的弗朗西斯·培根的文字上，这些文字充满了对"人"及其潜力的热爱与笃信。因而，他挥洒自如地谈论应该如何经由学习知识和积累实践发展自我；因为真挚热爱着"人"，尽管洞悉人性、品格、行为之复杂，他仍然持续讨论人文主义式伦理的建立策略。"笃信"更造就了他书写的语言风格，简练有力，金句频出。我的翻译实践也回应了培根的许多观念。正是在这样的实践中，我才能时时感知何谓"读书使人充实"，什么是"知识就是力量"，也深感彼时乃是人文主义蒸蒸日上的时代。

5G时代，短视频时代，AI革新时代，人与人文主义双双衰落；时空光速滚动，且充满了支离破碎感。绝大多数人，包括我自己在内，都很难翻开纸质书籍，陷入凝神静思，更不用说去阅读一本17世纪初笃信人之理性、为之正名、语言风格颇为"学究"的异国古籍。

那么，在这样的语境下，作为人文理性之光的培根随笔有何意义?或者说,我们应该从什么角度去进入似乎"被淘汰"的言说中?这几个问题,也是这两年站在大学讲台上,我的伦理自审。扪心自问:如果连我自己都深深感觉到理论知识的过时,我又凭什么去教学生呢?

我唯有坦诚。我对学生坦白了课纲中绝大多数著作对当下经验的无用性,因为所有知识的价值都随着时间、经验的变动而发生改变,并没有什么恒常的经典及意义。经验大于知识,不也是培根本人在随笔集开始便强调的吗。

但是,如果一定要说还有阅读的必要性,那就是把它们看成文化、历史构成的元素,在阅读它们的过程中逐渐理解这样一种历史观:"一切坚固的东西都会烟消云散"(All that is solid melts into air)。但消散并非悲剧,也意味着新生。我想,这种历史认知是我对人文主义最后的真诚信念。

同样的想法,分享给即将翻开本书的读者们。

目 录

他们依然故我

论真理　　003
论死亡　　007
论逆境　　011
论迷信　　013
论创新　　016
论预言　　018
论好运　　024
论　美　　028
论世事变迁　030

行善作恶的许可证

论高位 041
论贵族 047
论帝王 050
论进谏 058
论利己者的小聪明 065
论国家真正的强大 068
论野心 082
论有偿贷款 086
论法官的职责 092

芳草与杂莠

论复仇 101
论伪装与掩饰 104
论嫉妒 109
论大胆 117
论善良与善良天性 120
论狡诈 124

论假聪明 130
论多疑 133
论人的天性 136
论残障 139
论虚荣 141
论荣耀与名望 145
论愤怒 148

拥挤的人群并不是陪伴

论父母与子女 155
论爱情 158
论友谊 162
论言辞 173
论年轻与年长 177
论随从与朋友 181
论请托者 184
论礼节和尊重 188
论赞誉 191

慢一点，
我们就会更快完成这件事

论旅行	197
论时机	201
论迅速	203
论花销	206
论健康之道	208
论财富	211
论习惯和教育	216
论协商	219
论学习研究	222

他们依然故我

论真理

"何谓真理?"彼拉多①曾经戏问,但却没有明确给出答案。当然,很多人都喜欢自由一点,并将笃信看作是一种束缚,认为它会影响自由思考与行动。虽然持以上观点的哲学家大多数已经离我们远去,但是持有类似思考方式的人仍不在少数,尽管他们已经不及前辈执着。然而,人类寻找真理之困难不仅在于寻找之艰辛,或是真理会束缚我们的自由,更重要的是,人们热衷谎言。希腊晚期一位哲人曾经讨论过此事,他认真地检视了世人喜欢谎言的原因。令他困惑的是,人类喜欢谎言,既不像写诗那样为了娱乐,也不像经商那样获取利

---
① 彼拉多,罗马帝国犹太行省的第五任行政长官。

益，而仅仅是为了谎言本身。真理是赤裸的，犹如日光般明亮。真理从来没有伪装、虚礼以及征服世界的欲望，这些矫揉造作虽然在烛光之下看似堂皇典雅，但在真理面前却黯然失色。真理的价值犹如珍珠，在日光的照耀下才是最美的；但它却绝不可能贵如璀璨灯火下的钻石与红宝石。各种谎言可能为世人增添乐趣。如果将脑中自负的想法、谄媚的希望、虚假的估价和随意的空想排除，那世人脑中可能就只剩下些干瘪的东西，充斥着忧郁、负面及不快乐的想法。对此，又有谁会怀疑呢？

一位先贤①将诗歌称作"魔鬼之酒"，因其充满着想象，但诗歌只不过是谎言的影子。如前所述，造成最大伤害的并非穿越我们脑中的幻觉，而是那些深深嵌入心底的谎言。尽管有些谎言已经入驻世人堕落的观念和情感当中，但自身有评断力的真理依然教导我们去追问真理。追寻真理就像追求真爱，追求真理的知识就要与之共存，笃信真理就要找到真理的乐趣——这同样是人类天性中至善的部分。

① 指古希腊讽刺作家卢奇安。

在开天辟地的几日当中,上帝首先创造的便是感知之光,最后创造的是理性之光。从那之后,他在安息日的工作是以圣灵启迪众人。起初,他将光明洒于万物表面或混沌之上,接着将光明挥注入人类的面庞;然后又将光明挥洒和授意于他的选民身上。一位令其学派不逊于其他学派的诗人曾经非常精确地说道:"站在海边,远眺船只远航,这是一种快乐;伫立于城堡中的窗前,看着窗下的激战和命运,亦是一种乐趣;但是没有快乐比得上凌于真理之巅(犹如伫立于充满着新鲜、清澈空气且还未被征服的纯净山丘之上),俯视谷底的谬误、彷徨、云雾和骚动。观者需要一直心存怜悯,而非自命不凡。毋庸置疑的是,若使人心存悲悯仁爱,遵循天意,依真理之轴而转,那么凡尘即是天上人间。"

从哲学理论之真理穿越到文明俗世之真理,我们必须承认的是,坦率行事与光明磊落是人性之荣耀,即使不践行真理的人也必须承认这一点。在真理中掺杂虚假,正如在金银钱币中掺杂合金,这虽然便于钱币的使用,但却降低了钱币的成色。人也如此,好行不正的狡猾之人就像蛇一样,只能够依靠腹部苟且爬行,而无足可立。

　　世间再没有罪行比弄虚作假或背信弃义更令人羞愧的了。蒙田曾探究为何谎言这个词如此令人蒙羞、如此令人厌恶。他说："如果很好地衡量一下,一个人之所以说谎,是因为他可以勇敢面对上帝,但面对世人却像懦夫一般;因为谎言直面上帝,却怯于面对世人。"[①]可以确定的是,虚假和背弃忠信的邪恶不可能被揭示得如此彻底。谎言犹如最后的钟声,召唤上帝对人类世代做出审判,所以说,当"基督降临",他将不会"在人世间找到诚信"[②]。

---

① 蒙田:《蒙田随笔》第2卷第18篇《论说谎》,李林、戴兴伟译,上海三联书店2008年版。
② 《圣经·新约·路加福音》第18章第8节。

论死亡

成年人惧怕死亡如同孩童惧怕黑暗一般。正如鬼怪故事增添了孩童那种天然的恐惧，死亡的说法则增添了成人的恐惧。有人认为死亡是罪恶之报应或是通向另一世界的通道，这些想法都是宗教性的。但是，将其看作对自然的纳贡，这种想法却是脆弱的。然而，在宗教冥想之中往往混杂着虚无和迷信的色彩。在一些禁欲的修道书籍中，你会读到一个人需要自我审思什么是伤痛。如果他有伤痛，但仅是手指尖被碾压之痛，那么应当以此类推，想象一下，当整个身体腐化消散的时候，究竟什么是死亡之痛。许多时候，死亡之伤痛比肢体受刑所要忍受的伤痛要轻得多，这是因为最致命的部分并不是身体最敏感的部位。有位前人曾作为一个哲人和世俗之人来评价死亡,他的话恰如其分:"伴随死亡而来的比死亡本身更可怕。"①呻吟、抽搐和失去血色的面庞、友人的哭泣、黑色的丧服、葬礼,等等,都向我们展示了死亡的可怕。

值得注意的是,世人的内心并非脆弱到不可克服对死亡的恐惧,因此,当一个人拥有了如此多可以赢取死亡恐惧之战的因素,那么,死亡再也不是如此可怕的敌人了。复仇战胜死亡;爱恋蔑视死亡;荣耀渴望死亡;悲痛飞向死亡;恐惧会预期死亡。

我们还读到,当罗马皇帝奥托用剑自刎后,怜悯(这种最为温柔的情感)唤起许多人愿为他们的国家和君主付出生命的情感,并使他们付之于实践②。塞涅卡还补充了两种求死的心态——苛求和腻烦:"想象你老是做同样的事情,无论是勇敢的人还是倒霉的人,都会厌

---

① 塞涅卡:《道德书简(全译本)》,张维民译,人民文学出版社2023年版。
② 塔西佗:《历史》第2卷第49章,王以铸、崔妙因译,商务印书馆2002年版。

倦得想死。"①一个人虽然不是英勇之人,也不是悲惨的人,但总是重复做完全相同的事情,也会想一死了之。

同样值得注意的是,勇敢之人在死亡之时是如此面不改色,直到生命最后一刻,他们依然故我。奥古斯都②大帝在赞美中逝去,他对皇后说道:"利维亚,永别了,不要忘记我们的美好时光。"提比略③则仍然在弄虚作假,正如塔西佗④所说的那样:"提比略已经奄奄一息,但奸诈依旧。"韦斯巴芗⑤临死之时坐在凳子上玩笑如常:"我飘飘欲仙了。"加尔巴⑥说道:"砍我吧,只要对罗马人民有利。"说完将脖颈伸前赴死。塞维鲁⑦镇定自若:"要杀就杀,不要废话。"诸如此类,不胜枚举。

当然,斯多葛学派⑧把死亡放在太重要的位置上,他

---

① 塞涅卡:《道德书简(全译本)》,张维民译,人民文学出版社2023年版。
② 奥古斯都,古罗马帝国第一代元首。
③ 提比略,古罗马帝国第二代皇帝。
④ 塔西佗,古罗马历史学家。
⑤ 韦斯巴芗,古罗马皇帝。
⑥ 加尔巴,古罗马皇帝。
⑦ 塞维鲁,古罗马皇帝。
⑧ 斯多葛学派,古希腊罗马哲学学派。

们对死亡做过多的准备，使死亡看起来更令人生畏。有人说得好："死亡是自然的恩惠。"死亡，正如出生一般，是一个自然的过程。对一个婴儿来讲，也许生的痛楚无异于死之痛苦。在狂热的追求中死亡，正如在热血中负伤，都不会感到痛苦。坚定的意志，为崇高赴死，都会化解死亡之苦。但总之，相信吧，最甜蜜的颂歌就是"上帝啊，现在让你的仆人安然离去吧"[①]。当一个人已经秉持崇敬和期望，死亡也会开启美好之门，熄灭嫉妒之心："生前遭人嫉恨，死后获人美言。"[②]

[①] 《圣经·新约·路加福音》第2章第29节。
[②] 贺拉斯：《书札》第2卷第1首。

论逆境

塞涅卡模仿斯多葛派的口吻发表了如此高论:"顺境带来的好事值得期待;但是逆境带来的好事则更令人欣赏。"的确如此,如果奇迹可以主宰自然,那么它多数发生在逆境之中。

塞涅卡还讲过一句更高明的话(这句话由异教徒说出真不容易):"真正伟大的人要集人的脆弱与神的自若于一体。"这句话用诗歌的语言说出来更妙,因为诗歌更能够提升言论之境界。事实上,诗人们也都致力于此。在古诗的奇异传说中都对此有所描述,看起来都不缺乏神秘感,而且都驶向了基督之国:"赫拉克勒斯是坐着瓦盆穿越了茫茫大海去解救普罗米修斯(他代表了人性）的，这非常生动地表现了基督的决心，肉身在一叶扁舟中穿越尘世之波涛。"

简言之，顺境中的宝贵品质是节欲，逆境中的宝贵品质是不屈不挠。后者在道德精神上更具英雄色彩。顺境是《旧约》中的福祉，逆境是《新约》中的福祉，会带来更大的幸福，也更清楚地揭示了上帝的恩赐。但即使是在《旧约》中，如果你聆听大卫的琴声，你将听见许多哀婉的情调，而且不亚于颂扬。圣灵之笔更多地描绘了约伯之苦难，而不是所罗门①的幸福。

顺境并不是没有恐惧和烦恼，而逆境也并非没有安慰和希望。在布艺和刺绣作品当中，吾等看到更令人愉悦的画面是以沉郁色彩为背景衬托鲜活的图案，而非阴沉忧郁的图案配以鲜明的背景：心之喜悦由视觉之喜悦而决定。当然，美德就像珍贵的香料，在焚烧或碾碎后才能散发出最浓郁的香气。顺境容易暴露恶习，逆境则最可以展示美德。

---

① 所罗门，古以色列最伟大的国王，大卫之子和继承人。

论迷信

与其去错误地理解上帝,还不如根本就不信上帝。因为后者是不信,前者则是亵渎。当然了,迷信是在侮辱神圣。普鲁塔克①对此有过精确的评价,他说:"可以确信的是,我宁愿让人们说世界上根本没有普鲁塔克这个人,也不愿意人家说世界上曾经有一位普鲁塔克,他的子女一生下来就被他吃掉了。"就像诗人们描述萨图尔努斯②那样,对神的侮辱越大,对人的危险就越大。无神论给人们留下了理智、哲学、对自然的虔诚、法律

---

① 普鲁塔克,生活于古罗马时代的古希腊作家,以《比较列传》一书留名后世。
② 萨图尔努斯,古罗马神话中的农业之神。

和名声——所有这些都可能导向一种外化的道德情操，这是宗教不能带来的——但是迷信会拆解掉这一切，并在人们脑中建立起绝对的专制。因此无神论从来不扰乱国家，因为它使人十分小心，不去思考更远的问题。我们看见那些倾向于无神论的时代，比如奥古斯都·恺撒的时代就是很有秩序的太平盛世。但是迷信却已经在很多国家引起混乱，且带来一个新的"第十重天"，使得政府的所有层面都混乱了。迷信大师就是民众，总的来讲，迷信都是智者去跟随蠢人、观点去符合实践，而这些都是顺序混乱、本末倒置的。特兰托宗教会议上的高级教士们有一种严肃的说法，经院学者的教条常常暴露摇摆不定的特征。经院学者就像天文学家。天文学家们想出了偏心圆、本轮还有类似的轨道器具来解释现象，虽然他们知道本来就没有这些东西。而类似的，经院派学者也构建了许多玄妙的准则和原理，试图去阐释教会的行为。

导致迷信的原因有以下几个方面：迷信可以令人愉悦，宗教仪式和祭奠可以刺激人的感官，然而这些过度外在化的、虚情假意的虔诚，或者过分尊重传统的做法，会让教会不堪重负。还有就是高级教士为了自身的野心和利益而耍诡计，追求某种幻想和标新立异的仪式，都会有损教会。最后，在野蛮的时代，特别在那些还有灾害和不幸的时代，由某些只让人滋生混乱想象的人来主持神圣之事也会导致迷信。迷信被掀开面纱就是一件畸形的事情。因为就好像一只猿看起来类似人类，使猿看起来更畸形。迷信像宗教，使其更加畸形，又好像本来有益健康的肉腐败后就有了蛆，好的形式和秩序腐败后就成了繁文缛节。但是，当人们认为最好远离之前接受的迷信的时候，又会有一种为避免迷信而产生的迷信。因此需要特别小心，不要把好的与坏的一起带走，就像用泻药催泻一样。如果民众是改良者，那么通常都会变成这样。

论创新

正如动物出生之始都样貌丑陋,新事物在其诞生之时也都其貌不扬。尽管如此,正如那些首次带给家族荣耀的人常常都比大多数后来人更有价值一样,创新之事物很少被后来的模仿者赶上:对人的天性来讲,丑陋就像自由落体运动,持续越久,力度越大。而善则似抛物运动,最初的动力是最足的。可以确认的是,每一种药品都是一项创新。不愿意尝试新治疗方案的人必须面对新的恶疾:因为时间是最伟大的发明家。如果时间流转将事情转到更糟的方向,智慧和建议也不可能扭转局势,那么结局是什么呢?

的确,为风俗所确定下来的,即使是不好的习惯,也至少是确定的、合时宜的,而且长期形成的这些风俗也都是相辅相成的。然而新事物却难以融合。新事物虽然有其效用可以推进事情,却总是因为让人感到不适应而有麻烦。不仅如此,它们就像陌生人般,获得的更多是欣赏而非喜爱。所有这些都是千真万确的,如果时间停滞不前,不是像现在这般迅速流转,那么之前遗留的风俗也会像新发明一般引起动荡。他们敬畏旧时代,却诅咒新时代。因此好的做法是人们在创新的时候要跟上时代本身的榜样,时代变化很大,却是静悄悄的,几乎不被人所察觉。不然的话,新事物都会让人意外——它总会修补一些社会缺陷,但又会损害另一些。受益的人会把它看成是幸运,并感谢时代。被伤害的人就会认为革新是错误的,并将之归罪于创新的人。好的做法不要在国家事务上进行实验,除非是必须处理的紧要的事务,或者是效用十分明显的事情。需要知道的是,革新要建立于变化之上,而不是仅仅为了变化推进革新。最后,创新尽管不会被拒绝,但是都会被怀疑。正如《圣经》所说:"我们站在古道上,观察我们自己,发现正确的康庄大道,然后沿此前行。"

论预言

我不是在说神圣的预言,不是在说异教徒的口语,也不是在说自然的预测,我说的预言乃是在人们记忆中,那些隐藏的预言。女巫曾对扫罗说:"明日你和你的儿子将与我在一起。"① 维吉尔曾从荷马那里获得了如下诗歌:

> 埃涅阿斯的族人将统治所有的国土,
> 直到他儿子的儿子,
> 后世的子子孙孙。②

---

① 《圣经·旧约·撒母耳记上》第 28 章第 19 节。
② 维吉尔:《埃涅阿斯纪》,杨周翰译,人民文学出版社 1984 年版。

这些诗歌看起来是罗马帝国兴起的预言。塞涅卡曾写下以下诗歌:

> 在遥远的将来会有那么一天,
> 大海将解开束缚世界的锁链,
> 一片广阔的陆地将为人所知,
> 另一位提菲斯将发现新世界,
> 极地图勒将不再是地脚天边。①

这似乎预言了美洲大陆的发现。波利克拉特斯的女儿梦到朱庇特为她的父亲沐浴,阿波罗给她的父亲涂油。然后她的父亲在公开的地点被钉在十字架上,太阳直射其身,使其汗流浃背,大雨又浇淋他的身体。马其顿国王腓力二世梦到他封闭了妻子的腹部,他自己解释说妻子可能不会怀孕。但是预言家亚里斯坦德则告诉他,他的妻子已经怀有一个孩子,因为人们通常不会封闭空着的器皿。一个鬼魂出现在布鲁图的帐中,对他说:"你我将在腓力比再会。"提比略对加尔巴说:

---

① 塞涅卡:《美狄亚》第 2 幕第 375—379 行。

"你将来也会尝到当皇帝的滋味。"在韦斯巴芗的时代,东方有一个预言,即来自犹太的人将统治世界,尽管这预言可能说的是耶稣基督,但是塔西佗则解释说是韦斯巴芗。图密善①在他被刺的前一夜梦到自己的颈上长出一颗金头,结果确实如此,他的继任者创造了一个持续多年的黄金时代。当亨利七世还是一个少年,正在为亨利六世端水的时候,英格兰国王亨利六世曾经说起:"这个少年将会戴上我们所争夺的王冠。"我在法国的时候,从佩纳医生那里听说,法国王太后非常相信占星术,曾经用假名让占星术士替她的丈夫算命,结果这个占星术士说她的丈夫将死于一次决斗。当时这位王太后还大笑,认为没有人敢向丈夫挑战要求决斗。结果她丈夫死于一次马上的比武,因为与他交手的卫队长蒙哥马利的矛杆裂片刺入了他的护面具。我在小时候听说过一个预言,就是伊丽莎白女王在其花季之时的预言:

当大麻被纺,

英格兰就灭亡。

---

① 图密善,为弗拉维王朝的最后一位罗马皇帝。

这一版本会被认为都铎王朝的几位统治者统治结束以后，英国就会陷入大乱，因为这几位君王名字的首字母刚好组成了英文单词大麻（hempe），他们是亨利、爱德华、玛丽、费利佩和伊丽莎白。感谢上帝，这预言最后被发现只是在统治者称号上的改变，因为今日的国王称号不再是英格兰国王，而是不列颠国王。在1588年流传过一则民谣，我还是不太明白其意义：

> 有朝一日你将看见
> 在巴岛和梅岛之间，
> 挪威黑色舰队。
> 等黑色舰队覆亡，
> 英格兰将修建石灰石头房，
> 因从此再也不会打仗。

通常人们会认为这意味着西班牙舰队在1588年的侵犯，因为西班牙国王的名字叫作挪威。雷吉奥蒙塔努斯①的预言：

---
① 雷吉奥蒙塔努斯，德国数学家和天文学家。

八十八年将是奇迹年。

类似地,这被认为是西班牙舰队的远征,因为这是海上出现的最强大的舰队,尽管数量不算多。至于克里昂①那个梦,我认为是一个调侃——克里昂梦见自己被一条长龙吞噬,而长龙被解释为腊肠生产商,让他极度烦恼。有许多类似的例子,特别是如果你将梦、占星者的预言都算上的话。但是我只是记录了那些确实可信的例子。我认为,所有这些预言都应该置之不理,最多当作火炉边的冬日谈资。否则,这些预言一旦被广泛公开传播就不可以置之不理。因为这些预言造成了很多不好的结果,我看见许多国家的法律都在制止谣言。人们给予预言关注,并相信预言主要出自三方面原因:一是人们注意到应验的部分,而没有注意到预言落空的部分,人们对梦的征兆的注意同样如此。二是那些有充分根据的推测或者说意义含混的传说,很多时候都变成了谣言,人的天性就是爱预测未来,认为把自己的推测当作预言

---

① 克里昂,雅典统帅。

公布并没有什么不好，比如前文中引用的塞涅卡的诗就是一个例子。因为那时候就有许多事实证明在大西洋以外还有大片的地域，这些地域并非全部是海洋。还有柏拉图在对话录《蒂迈欧篇》和《克里提阿斯篇》中对大西岛也有描述，这可能使人们将上面的推测变成一种预言。最后一个原因，也是最大的原因就是那些数不胜数的谣言几乎都是欺骗，而且是一些无聊的奸诈的脑子在事情发生后才想出来并传播开的。

论好运

不可否认,外在的偶然因素可能影响人的运气。这些外在的偶然因素包括喜好、机遇、他人的离世、适合发展的机会,等等。但是人的运气主要还是掌握在自己手里。

有诗曰:"每个人都是自己命运的设计师。"外在原因中最频繁的就是某人干的傻事往往造就另一个人的好运气。因为如果不依靠别人的错误,没有人能够如此快速地发达起来。"蛇必须吞食其他蛇才能变成巨龙。"明显的美德和品质能带来别人的赞扬,但是只有秘密隐藏的优点才能带来好运。一个人表现自己的有效方法是无名的。在西班牙语中,人们把这种隐秘称作

"disemboltura",该词能够些许表达这样的意思。当人天性中没有立场和倔强的时候,他的思想之轮才与他的命运之轮保持一致。正因为如此,李维①(他曾经形容加图②"体魄和思想都如此健全,因此不论生在哪种家庭都能让自己交上好运")最后还是发现加图有一种"灵性"。如此看来,如果一个人敏锐洞察,注意观察,那么他就会遇见幸运女神。因为虽然她是盲目的,但是她也并非不可看见。

好运的道路就像天上的银河,是一系列小星星的集合,但是看上去却不是星星点点分散的,而是一条合在一起的光带。同样,也有许多小的、分散的优点,或者更多的是技能和习惯能够给人带来好运。意大利人注意到了这一点,虽然大多数人都没有这么想。当意大利人说起一个不可能犯错的人的时候,他们会看到这个人其他的一些条件,那就是说"这个人真会装疯卖傻"。可以确定的是,有两种获得幸运的条件:一个是要适当装

---

① 李维,古罗马著名历史学家,著有《罗马史》。
② 加图,通称为老加图,以与其曾孙小加图区别,罗马共和国时期的政治家、国务活动家、演说家,是罗马历史上第一个重要的拉丁语散文作家。

傻，另一个是不要太诚实。因此那些极端爱国者从来都没有好运气，也从来不可能有好运气。因为一个人的想法里完全没有自己的时候，他当然也不会走自己的路。

快速得来的运气造就了冒险家和鲁莽汉（法国人把这样的人叫作胆大妄为的人，或者惹是生非的人，更准确），而历经锻炼造就的好运则可以创造能人。幸运女神要被人崇尚和尊重，即使只不过为了她的两个女儿：自信和名声。因为这两者可以滋生快乐幸福。前者关乎一个人对自己的看法，后者关乎他人的看法。所有有智慧的人为了避免他人对其优点的嫉妒，就将自己的优势都归因于天意和好运，因为这样的话他们可以更好地发挥长处。除此之外，如果受到更强大力量的庇护，一个人也会更强大，所以恺撒在暴风雨中对舵工说，"你们的船不仅载着恺撒，还载着他的运气"，所以苏拉称自己为"幸运的苏拉"，而不是"伟大的苏拉"。

人们注意到那些太过公开地将运气归因于自己的智慧和策略的人，最后都得不到好结果。在历史记载中，雅典将军提谟修斯[①]在他向政府写的工作报告中常常说：

---

① 提谟修斯，古希腊政治家、将军。

"这次胜利绝不仅仅是运气。"他之后就再也没有发达过。当然,有人的运气就像是荷马的诗歌[1],荷马的诗歌比其他诗人的诗歌都更顺畅流利。正如普鲁塔克说起提莫莱昂[2]的运气,将其与阿格西劳斯[3]和伊巴密浓达[4]的运气做比较时,用了类似的比喻。然而毋庸置疑的是,好运大多数时候还是看一个人自己。

---

[1] 即人与人天生运气不同。
[2] 提莫莱昂,古希腊政治家、将军。
[3] 阿格西劳斯,斯巴达国王。
[4] 伊巴密浓达,古希腊城邦底比斯的将军与政治家。

论　美

　　品德就像宝石，纯朴地放着才最美。当然品德最好是依附于美的身体，这个美丽的身体即使不是精致的面容，也要有尊贵的气质。我们很难见到美人拥有高尚的品德，就好像自然不愿意忙中出错，才不要制造美丽与品德兼具的优秀之人，因此世人中多有完美的身体，却没有伟大的精神，多注重修其行而非修品德。但是这也并非永恒的状况。对奥古斯都·恺撒、韦斯巴芗、法国国王腓力四世、英国国王爱德华四世、雅典将军亚西比德、波斯国王伊斯玛仪来讲，他们都拥有高远的精神，也是他们那个时代的美男子。至于美人，天生的容貌胜过妆容，端庄优雅的举止又胜过了天生的容貌。美人最好的部分是画像不能表现的，也不是第一眼就能看出来的。绝美之人的比例没有不是异常的。一个人不可能分清楚阿佩莱斯①和丢勒②这两位画家谁更可笑，因为丢勒总是按照一定比例画人物，而阿佩莱斯则突出许多面孔中最美的部分，集中在一个人身上。我认为这样的画像除了画家本人以外，没有人会喜欢。我虽然认为画家可以画出最美的容颜，但是他必须靠某种运气（就好像音乐家要在音乐中造就某种氛围），而不是依靠什么法则。我们可以看到这样一种面庞，就是如果分开看，他的五官没什么好看，但是合起来看就十分漂亮。如果说美丽的主要元素就是端庄的举止，那么无怪乎年长的人更多时候看起来更和蔼美丽。"美人之秋也是美"，除非是把青春看成是对体态的弥补。美丽正如夏日水果，很容易腐烂，难以保持，而且大多数时候，会让年轻人放荡，也会让年长者失态。但是可以再次确认的是，如果美丽在合适的地方，那么就会让美德更加光彩夺目，让罪恶无地自容。

---

① 阿佩莱斯，古希腊画家。
② 丢勒，德国画家。

论世事变迁

所罗门说:"世无新鲜事。"正如柏拉图有这样一种想象,那就是所有的知识都不过是记忆。所以所罗门有这样一句话:"所有的创新只不过是记起已经遗忘的事情。"这里你可以看见,勒忒河既在地下流淌,也在地上流淌。

一位颇为深奥的占星学家曾经说过:"世上只不过有两种东西永恒不变(一件是恒星之间永远保持一定的距离,既不靠得更近,也不离得更远;另一件事是日间运动永远保持其时间),除此之外,没有任何事物可以延续片刻不变。"可以确定的是,所有事情都在不停地变动,从未有一刻停留。

把世间一切掩埋起来，被我们遗忘的巨大裹尸布有两块，即洪水和地震。说到大火和大旱，它们很少会让人口减少，或者造成毁灭。法厄同的车只不过走了一天。以利亚时代的那场三年大旱是特殊情况，人们也都活了下来。说到雷电引发的大火，在西印度群岛常见，但是影响范围很小。而在另外两类灾难当中，也就是在洪水和地震当中，有人幸存下来，但因一般都是无知的山民，没有办法对过去做任何记录。所以说，遗忘淹没了一切，就好像没有人存留下来一样。如果你好好考虑一下西印度居民，他们比起旧世界的居民来讲，很可能是一些更新的更年轻的人群。非常有可能的一种情况是，那时候发生的毁灭性灾难并不是地震（就好像那个埃及的祭师曾经告诉梭伦①的那样，他说大西洋岛被一场地震所吞没），更可能是一场大洪灾。因为地震在那些区域很少发生。另一方面，那个区域有很多的河流，亚洲、非洲和欧洲的河流跟那里的河流相比只不过是小溪。还有那里的安第斯山脉也比我们这里的高很多。这样看来，这场大洪水中的幸存者就是依靠这一高山地形

---

① 梭伦，古代雅典政治家、立法者、诗人，古希腊七贤之一。

得救的。

说到马基雅弗利①的发现,即人类的遗忘主要是源于宗教相争,他还指责教皇格里高利一世全力毁灭了所有异教古代遗迹。对于这个观点,我认为宗教狂热没有那么大的影响,也不会持续那么久,就像格里高利的继任者萨比尼安教皇就复兴了以前的一些遗迹。

世事的变迁或突变,不适合本文来谈。有可能的一种情况是,柏拉图的"大年"如果可以延续一段时间的话,可能会有一些效用。不过这些效用并非指个人复生,而是指整体上的周而复始。毫无疑问,彗星有一种力量可以对事物的重要部分产生影响。但我们只是关注其如何在轨道上运行,而没有关注到它所产生的影响,特别是各种不同的影响。也就是说,没有关注到什么样的彗星,比如其亮度、颜色、光线变化,位置和持续的时间等性状,没有关注不同性状的彗星造成了什么样的影响。

我听说过一件趣事,我不想抛开它不谈。在荷兰等低地国家(我不知道是哪个地区),每隔三十五年就会

---

① 马基雅弗利,意大利哲学家、历史学家、政治家、外交官。

循环出现一次相同的年景和天气，比如说大雾、大潮湿、大水灾、暖冬、凉夏，等等。人们把这种情况叫作最初的状况。我之所以提起这件事是因为我想到过去的一些自然情况，也有这样的循环发生。

但是我要抛开这些自然现象不谈，说说人类的变迁。人间发生的最大变动就是宗教派别的变化。因为宗教的规则轨道在人的思想中最重要。真正的教会建立在磐石之上，其他的都随着时间之波不断颠簸变化。因此，说到新教派兴起的原因，给一些关于新教派的意见，至少可以让脆弱的人类的判断力禁得住如此巨大的变革。

当之前被接受的教会被混乱分裂之时，当宗教信徒们的神圣感被消磨殆尽，充满丑闻的时候，而且所有这些都发生在愚笨、无知和野蛮的时代，你可能会怀疑新教派借此机会上位。如果一个新宗教不具备以下两种特征，就不需要担心，因为它不会广泛传播。一个特征是要替代排挤或者反对已经建立起来的权威，这是最受欢迎的一种做法；另一个特征是这个宗教允许骄奢淫逸的生活。因为说到纯理论的异端邪说（比如古代的阿里乌派和今日的阿米尼乌斯派），尽管它们可能对人们产生影响，但不可能带来巨大的变化，除非依靠某些政治时机。

新宗教的建立有三种方法：第一是借助神迹和奇迹；第二是依靠流利而机智的宣传演说；第三是靠武力之剑。说到为宗教牺牲，我把它归于神迹奇迹一类，因为这种行为看起来似乎超过了人类天性的力量。我也会把那种虔诚的生活归于奇迹。当然，没有什么更好的方式阻止新宗教的上升和分裂，除非改革弊端，调节好小的差异争端，温和地执行宗教政策，不要有血腥迫害。如果要拿下异教首领，最好是说服他们，而不是用暴力和仇恨来激怒他们。

战争中的变化有很多，最主要的变化有三方面：第一是战争发生的区域；第二是武器的变化；第三是战略方法上的变化。古代的战争看起来主要是从东到西，因为波斯人、亚述人、阿拉伯人、鞑靼人（这些侵略者）都是东方人。当然高卢人是西方人，但是我们只在历史书中读到过他们的两次侵略——第一次是侵略加拉西亚，第二次是侵略罗马。但是东方和西方并没有明确的天体意义上的分界线,所以后来的战争再也没有关于从东开始或从西开始的明确记载。但南北是确定的,遥远的南方人几乎从未或者很少侵略北方,但是相反的情况却比比皆是——这反映了北方是比较好战的地区。众所周知,这源于他们那个半球的形象,或者源于北方地域辽阔,而南部几乎全部是汪洋,或者(这是最明显的)是源于北方寒冷的气候,这样的天气使北方居民即使没有经过训练,也有最强健的身体和最勇猛的气魄。

在国家和帝国分裂变化之时,很可能爆发战争。因为伟大的帝国建国之时,确实都削弱或者摧毁了他们所征服的民族的武装力量,使他们全部依靠帝国本身的军事防御力量。然后,当他们衰落之时,所有一切都被毁灭,变成侵略者的猎物。这种事情就发生在罗马帝国的衰落之时,类似的情况还发生在查理大帝之后的查理曼帝国。每只鸟都夺得一片羽毛,如果西班牙分崩离析,结局也会如此。王国之间的联合也会搅起战争。因为当其中一个国家势力增长过猛,就好像洪水一般,肯定会泛滥,就像我们看到的罗马、土耳其、西班牙和其他帝国。

当这个世界被少数野蛮人占据的时候，除非他们知道生存的方法，他们不愿意结婚和传宗接代（今天这种情况很多，除了鞑靼民族），我们就不用担心人口的泛滥。但是当一个人口多的民族持续增加人口，却一点也不考虑可持续的生存方法时，就有必要让他们每隔一两代人就把人口迁到别的地方。古代的北方人民曾经用抽签的方式来决定这种迁徙，决定哪些人可以留在故土、哪些人需要到远方闯荡。

当一个好战之国变得衰弱之时，一定会招来战争。因为一般来讲，这样的国家在武力衰弱之时会变得很富有，自然就变成了别人的猎物。

说到武器，很难找到规律，也很难被人发现。但是我们依然看到武器也有轮回与变化。可以确定的是，在印度奥克斯德拉克斯城之战中，印度人曾经使用了马其顿人称之为雷电、魔术的武器，这就是火炮。中国也曾使用火炮，而且已经使用了两千年。武器的性能还有其发展主要体现在三个方面：第一，要能够攻击更远的地方；第二，打击的力量要强大，在这方面像大炮那样的武器已经超越了各种攻击武器和古代的发明；第三，要方便使用，也就是武器要适用于各种天气，携带要轻巧可控，等等。

说到战争的战略方法，最初人们特别看重参战人数。他们确实非常倚重兵力和气势。在战争中选择合适的日子对阵，在公平的战斗中一决胜负，而总是忽略排兵布阵。稍后，在战争中人们渐渐认为参战者更重要的是有战斗力而非数量巨大，这样他们开始看重地形、战术变化，等等，在排兵布阵方面也更讲究技巧。

在一个国家年轻之时，其兵力是强盛的，而当这个国家步入中年，就会变得更有学术修养，这样就进入一段文武并盛时期。而在这个国家衰落之时，其工艺技术和商贸往来就会进入全盛时期。学术也有幼稚时期，在其开始发展的时候，是十分孩子气的。到了青春时代，就显得风华正茂。当其上年纪之时，就显得稳固坚定。在学术晚期，就开始慢慢干涸，显出疲态。我们如果太过于执着于长远的事实变迁之车轮转动，并不是一件好事，这会让我们头晕。至于其如何运转，只不过是一个传说，并不适宜在本文中谈及。

行善作恶的许可证

论高位

身处高位之人是三重奴仆：国家之奴仆，名声之奴仆，事业之奴仆。所以说他们是没有自由的，既没有个性自由，也没有行动自由。

为寻找权力而失去自由，或者说不顾一切地寻求权力，失去权力就仿佛失去了自我，这些都是奇怪的欲望。

寻求地位上升是辛苦的，但人尝到了苦头却偏要去寻找更大的苦头：这种行径常常是卑劣的，经由侮辱性的途径而获得尊贵的地位。这样的地位是很不稳的，要么可能从高位跌落，要么可能逐渐黯然，这些都是令人忧伤的事情，"如果已失去当年的风采，那么为何还要继续活下去呢?"①可是,人在有意愿引退时不能退位,但是在时机对的时候,他们又不愿退位,即便是年老病衰需要归隐。就像年老的城镇人,仍然要坚持坐在大门口,尽管他们的年老体弱只会招致嘲笑。

可以确定的是,伟大的人需要借由他人的观点才可以令自己快乐,倘若他们顺从自己的感受,则麻木不仁。想一想别人怎么想他们的,别人又是如何羡慕他们的,这样就会感觉到幸福。他们的开心来自别人的言谈,尽管他们内心实际的感受也许恰恰相反。这些人往往能最先感受到自身的苦恼,却最后才能发现自己的过错。可以确定的是,官运亨通之人对自己来讲是陌生人,他们困惑于自己的事业,没有时间关注自己的身体和思想:"活着的时候天下闻名,到死都不了解自己,悲哀啊。"②

身居高位就拥有了行善作恶的许可证,后者简直就是一种诅咒。说起做坏事,最好是不心生恶念,其次则是欲作恶而不能。但是行善的权力是合理合法的。好的

---

① 西塞罗:《致友人书简》第 7 卷第 3 篇。
② 塞涅卡:《提埃斯忒斯》第 2 幕第 401—403 行。

想法，尽管上帝接受它们，但是对人来讲，如果不付诸实践，那不过是一场好梦。要将好的想法付诸实践，还必须有地位和权力作为基础。

建功立业是人的终极梦想，成功了就可以聊以自慰。如果一个人可以参与上帝的戏剧，那么他同样可以享受上帝的安息："上帝看着他创造的一切，看起来都还不错。"①接下来便是安息日。

当官的人上任之时，应该以最好的楷模为师，模仿原来的办事原则，那么之后就会很顺利。稍后，他们就要建立一套自己的准则，自我严格检验当初的所作所为是否合理。也不要忽略前任官员的失误，这并不是说要揭别人的短处，而是要以前任为鉴，看自己有什么需要避免的。因此，如果对前任的行为有所改进，不可以大肆宣扬，将前任官员的政策失误当作丑闻，而是要坚定自己的政策，并为后来者打好基础、做好表率。要建立好制度，并仔细研究旧制度的弊端。随时秉持审问的精神——在过去，什么是最好的；在将来，什么又是最合适的。要寻求一种规则，使人们知道他们提前要避开什

---

① 《圣经·旧约·创世纪》第 1 章第 31 节。

么。但是不要太过于专断,遇到违规的情况,要很好地表达原委。要悉心保护自己的本职权力,但是不要去询问职权的范围。比较好的做法是默默执行自己的权力,而不是大张旗鼓地宣称或挑战什么。同时,要维护属下的权利,要记住坐镇指挥比事必躬亲显得尊贵。要积极接受他人的帮助和建议,要接纳那些积极提供信息的人,而不是将其当作好管闲事之徒拒之门外。

当权者的问题主要有四点:拖延、腐败、粗暴和没有立场。针对拖延问题,要平易近人,严格遵守约定时间:把手边的、必要的事情尽快做好,而不是被其他琐事干扰。

针对腐败问题,不仅要让自己或者助手有所束缚,而且要让行贿者有所束缚。廉洁正直可以约束己方,宣告自己的廉洁,并且宣告行贿者的罪恶,就可以约束另一方。这不仅是避免错误,而且是消除疑虑。无论是谁,如果有明显的变化,却没有表明变化的原因,就会引起腐败的猜测。因此,当权者一旦改变了自己的想法和做法时,要明明白白地讲出来,澄清这种变化,同时还要讲清楚变化的理由,千万不要有意隐瞒。如果是仆从或亲信，并且另有其他值得信赖的理由，那么人们往往归因为腐败。

至于行事粗暴，这是一个毫无理由地引起不满的恶习：苛政引起恐惧，但是粗暴引起仇恨。即使是来自掌权者的责备，也需要注意使用严肃而非奚落的态度。

至于没有立场，这比行贿还要糟糕。因为行贿时不时才来一下，但如果一个人被人情世故牵着鼻子走，他将永远无法摆脱。正如所罗门所说："讲求人情的人是不好的，因为这样的人可能会因为一片面包而枉法。"①

有句古话最具真理价值："地位会展现一个人的本色，使有些人更好，有些人更差。"塔西佗谈到加尔巴时这样说过："如果他从没有统治过这个国家，可能人人都觉得他适合统治。"②但他谈起韦斯巴芗时则说："只有韦斯巴芗当皇帝后变得更好。"前一句话是针对治国能力的，后一句话则是针对道德情操的。一个人身处高位又有很高的德行，这显然是值得尊敬的。因为高尚品德是需要地位来彰显的。就像自然万物经过剧烈运

---

① 《圣经·旧约·箴言》第 28 章第 21 节。
② 塔西佗：《历史》第 1 卷第 49 章。

动到达它们的位置后，便会安静置身于其位。所以只要仍有野心，那么行动就是激烈的，而一旦居于位，就会安定下来。所有升迁都靠一阵风螺旋上升，如果在这个过程中有派系之争，在寻求上升通道之时，最好加入一方阵营，一旦获取了自己的位置，则要思考如何平衡双方力量。追溯前任的时候应该公平谨慎，否则卸任后，就需要为自己的行为付出代价。要尊重同僚，在他们不想被召见的时候召唤他们，而不是在他们有事希望被召见的时候拒绝他们。私底下答复别人请求的时候，千万不要装腔作势。最好让别人说："这个人身居高位的时候，他就是另一个人。"

论贵族

我们谈及贵族的时候,首先把其看成是国家的一部分,然后再看他的个人状况。

一个君主制国家若无贵族,就会是一个纯粹的专制国家,正如土耳其那般。因为贵族可以节制君主,多少可以将民众的视线从君王那边引开。但是对民主国家来讲,则不需要贵族。民主国家通常都安宁平静,比有贵族血统家族的君主国家更少发生叛乱。因为人们的注意力都集中于商业而非人。或者,即使关注人,也是为了商业目的,看看谁是最合适(商业职位)的,而非为了门第和血统。我们看到瑞士发展得很好,尽管其国内宗教多元,也有很多联邦,但是维系统一的是共同利益,而非个人考量。低地国荷兰的各省都管理得很好,因为那里拥有平等,其议会也是不偏不倚,而且各省也欣然纳税供奉。

一个强有力的贵族可以增加君王之尊贵,但也会削弱其权力。贵族可以为人民带来活力,但也会镇压人民。贵族不是过于强大,但又保持一定的地位,在下层人傲慢无礼、以下犯上之时,可以起抵制作用,以免君王受到直接冲击。然而,贵族过多会给国家带来经济损失,不仅如此,许多贵族迟早都会衰落,这是肯定的,这就会造成财富和名望不相称的局面。

接下来谈谈贵族的个人情况。一座古建筑尚未破败,或者参天大树依然生机勃勃,都会让人肃然起敬。一个古老的贵族历经时代之风而依旧屹立,是多么令人肃然起敬啊!因为新的贵族不过是权力造就的,而古老贵族则是时间造就的。比起后来者而言,早期兴起的贵族一般都更有才干,而少了单纯。这是因为很少有家族不是靠着优质实力和阴谋诡计混用而上位的。但是后人只记得其才干延续了家族的繁荣,而前人的过错却随着他们自己的衰亡一并消逝了,这也是完全可以理解的。

贵族不是实业家,却往往会嫉妒实业家。不仅如此,贵族也不可能爬得更高,别人飞黄腾达之时,他们也还是固守原位,因此很难避免嫉妒之情。另一方面,贵族也可以消除他人对其的嫉妒,因为他们本来就拥有着荣耀尊贵。可以确定的是,君王可能会发现贵族中之干将可以很轻松地差遣他人,让其各司其职。因为他们天生就有发号施令的能力,所以人们自然会倾向于服从。

论帝王

有很多事情要恐惧害怕,但却几乎没有什么欲求,这真是一种可悲的心态。但这却常常是君王们遭遇的状况,他们位居最高位,想要些什么让自己心中获得更多欢笑,但心中却只有危机和阴影的投射,让其心境少了些明澈宁静。这就是《圣经》中所说的"君王的心是猜不透的"①的原因。因为诸多嫉妒,缺少一些可以让一切得到引领,并井井有条的欲望,这会让任何人的内心世界变得难以捉摸。因此,王公贵族在许多时候为让自己有所欲求,就将自己的心思放在玩乐游戏上。有时候是造一栋建筑,有时候是创立一种祭礼,有时候要栽培人

① 《圣经·旧约·箴言》第25章第3节。

才，有时候要在某项技艺当中拔得头筹。比如，尼禄①就善于竖琴，图密善对射箭特别在行，康茂德②特别精于角斗，卡拉卡拉③善于驾车，等等。这似乎令人难以置信，就是人在小事情的精进上，比在坚持大事上更能获得愉悦和治愈，其实是天性使然。我们也可以看到，许多君王在其早年总有克敌制胜的运气，但勇往直前的状态不可能一直持续下去，他们的运气也可能遭到破坏，因此在其晚年，许多人都变得迷信和忧郁，就像亚历山大大帝④、戴克里先⑤和我们还记得的查理五世⑥等。他们已经习惯了勇往直前，如果突然停滞，就会自暴自弃，变得不再是自己了。

我们现在来谈一谈帝王权力的平衡，这真的是一件非常难以控制的事情。平衡与不平衡这对矛盾往往互相掺杂。但是平衡是让矛盾融合，失衡是让矛盾转

---

① 尼禄，古罗马皇帝。他是罗马帝国朱里亚·克劳狄王朝的最后一任皇帝。
② 康茂德，古罗马皇帝。
③ 卡拉卡拉，古罗马皇帝。
④ 亚历山大大帝，古希腊马其顿国王。
⑤ 戴克里先，古罗马皇帝。
⑥ 查理五世，古罗马皇帝。

化。有关这个问题，古希腊哲学家阿波罗尼奥斯曾经精确地给出了自己的指导方法。韦斯巴芗问他："尼禄为何被推翻了？"他回答道："尼禄能很好地调琴弦，但在管理国家时，他往往把琴弦要么拧得太紧，要么拧得太松。"的确如此，没有什么比权力高压和放松的不平衡，或者不合时宜的转化更能摧毁统治的了。

可以确定的是，治理国家大业的所有智慧并非在危机来临之前做足准备，而是当危机和伤害临近之时，能够将其转化，不要冷冷地、稳固地保守自己的地盘。不过这确实是在与运气较量。让人们知道他们是如何（不要）忽略和承受着有备而来的麻烦，因为没有人能够阻止火星迸发，也不知道它会何时迸发。王公贵族的江山社稷之困难当然繁多而艰巨，但最大的困难常来自他们的内心。塔西佗认为，对王公贵族们来讲最常见的一种矛盾是："为人君者之欲望通常都十分强烈但又互相矛盾。"因为权力的悖论是既想达到目的又不忍用坏的方法。

君王必须处理好多种关系，比如与邻邦、与妻子、与孩子、与高级教士和其他神职人员、与贵族、与新贵绅士、与商人、与平民百姓、与士兵的关系。如果稍微不小心，以上这些人都会带来危险。

首先，关于与邻邦的相处之道，没有什么普遍的规则，因为情况总是复杂多变的。但是有一条规则总是需要遵守的——那就是君王们要特别小心不要让邻邦（通过扩张领土、积极贸易和重兵压境等方式）过于强大，因为这样他们就比以往更具威胁性。政府机要应该对上述情况具有预见性，并及时阻止。在英国国王亨利八世、法国国王法兰西斯一世还有神圣罗马帝国皇帝查理五世统治的三足鼎立时代，三个国家就是如此互相监视，没有一个国家能够多获得巴掌大的新地盘，其他两个国家一定会平衡制约第三国，不管是通过联合还是在需要的时候通过战争，绝对不会牺牲本国的利益而获取和平。类似的情况还有那不勒斯的费迪南、佛罗伦萨共和国的洛伦佐·美第奇和米兰大公卢多维科·斯福尔扎结成的联盟（佛罗伦萨史学家和政治家奎卡尼迪称其为意大利的安全保障）。学者们对战争的看法并不可完全接受，他们认为如果没有受到侵犯，就不可发动战争。但是毫无疑问的是，因为害怕威胁而发动的战争是正义的，即使那种危险还未成真。

之所以要与妻子处理好关系，是因为有残酷的前车之鉴。利维亚因毒死丈夫而声名狼藉。奥斯曼土耳其帝国苏丹苏里曼一世的妻子洛克索拉纳害死了皇子穆斯塔法，而且扰乱了宫廷和皇室血统。英国国王爱德华二世的王后是废黜和谋害她丈夫的罪魁祸首。在妻子们有心要扶植自己的孩子，或者是她们与别人私通时，这种危险特别需要提防。

说到与孩子们的关系，类似的危险悲剧也有许多。一般来讲，如果父亲怀疑自己的孩子，那么不幸就很可能发生了。刚才提到的穆斯塔法之死对于苏里曼家族来讲就是致命的，因为谢利姆二世被认为是其母的私生子，直到今天人们还认为苏里曼一世之后的土耳其君王并非正统。君士坦丁堡大帝处死儿子克里斯普斯这么有才华的人，对他的家族来讲也是致命的，他的儿子君士坦提努斯和君士坦斯都死于非命，他的另一个儿子君士坦提乌斯结局也好不到哪里去，虽然死于疾病，但那是在朱里安起兵反叛他之后。马其顿国王腓力五世杀了自己的孩子季米特里乌斯，但是后来发现是错杀，悔恨而亡。这样的例子还有许多。几乎没有国王会在怀疑自己的子嗣后获得好处，不过那些儿子们公开举兵反抗的情况则是例外，比如苏里曼一世杀了逆子巴耶塞特，还有英王亨利二世打败了三个逆子。

当那些高级教士特别骄傲自大的时候，也会带来威胁。就像当年的坎特伯雷大教堂的两位主教安塞姆和贝克特，他们试图用主教的权杖对抗君王之剑，但他们对抗的是几位顽强自信的君主——威廉二世、亨利一世和亨利二世。这种对抗的危险并不是来自教会，而是教会拥有了国外势力的支持。或者是由于神职人员的选任不是靠君王或者靠有圣职授予权的人决定，而是靠人民的拥戴。

说到王公贵族，要与他们保持距离，这并不为过。但是要压制他们可能会使君王更加孤立无援，从而更不安全，也在实施主张的时候不那么随心所欲。我在自己的历史著作《亨利七世》当中提到过，这个君王压制自己的贵族，因此他执政期间充满了困难和麻烦。贵族们尽管一直忠于他，但并不与他合作，也不好好维护其社稷，所以导致他不得不自己处理所有的事情。

新贵并不会带来太多危险，因为他们自身只是一个松散的阶级，可能有时候说得多但是伤害少，不仅如此，他们是一种中和的力量，可以制约地位更高的贵族，让后者势力不过于庞大。最后，他们是君王和平民之间的纽带，让他们缓解民愤最好不过了。

说到商人们，他们就是国家的门静脉，如果门静脉血量不足，那么国家即便有健全的肢体，也可能供血不足。对他们征税，增加其负担，对君王的税收来讲好处不多，因为可能顾此失彼。如果税率增加，那么商贸的总量就会减少。

平民也几乎不会带来威胁，除非他们有强有力的领导，或者君王干涉到他们的宗教、风俗和生活方式。

说到士兵，当他们持续驻守一方，坚持一种建制的时候，或者习惯于领赏的时候，对君王来讲就是一种威胁。土耳其御林军和罗马禁卫军的贪残就是一个例子。但是训练这些兵士，让他们在不同的地方驻守，没有固定的统帅，而且没有犒赏，这就是防御之道，如此君王就可以免除危机。

君王就好像天上的星宿，能够带来盛世也能带来混世。他们受人尊敬,却不得安宁。所有对于君王的戒律都可以分为两类:"记住你是凡人"和"记住你是神或者神的化身"——第一条会约束他们的权力,第二条会遏制他们的欲望。

论进谏

人与人之间最大的信任就是给予建议。因为在其他各种表明信任的行为中，人所托付的只是生活的部分，比如他们的土地、他们的物品、他们的孩子、他们的信用和具体的事务。但是对于给予建议的人来讲，他们托付了自己的全部——他们全部的信仰和忠诚。明智的君王不会认为进谏会伤了他们的尊贵，或者会降低其威严，他们依赖进谏。上帝自身也不例外，故将其圣子之一取名为"劝世者"。所罗门曾宣称"在进言中才可以稳定统治"[①]。事情迟早都有波动，如果不让这种波动在商议争执中呈现，那么波动就会浮现于命运之中，命运

---
① 《圣经·旧约·箴言》第20章第18节。

因此变化无常，就像醉汉蹒跚一般，不确定啥时候会摔跟头。所罗门的儿子发现了谏言的威力，就像他父亲看到进谏的必要性一般。那个受到上帝宠爱的君王在最开始的时候就因听信狂言而导致国家分裂。由此我们可以知道两种坏的谏言：一个是年轻人对他人的议论；一个是狂暴之人对事情的讨论。

古代早就用形象的故事阐明了君王与进言纳谏的密切关系，以及君王智慧和进言方法的不可分离。第一个故事是朱庇特迎娶了智慧女神墨提斯，意思是说君主的权威必须与智谋相结合。第二个故事是第一个故事的延续：墨提斯与朱庇特结婚后怀孕了，但是朱庇特还没等到妻子分娩就将其吞食，于是他自己便怀着孩子，然后从脑袋中诞下了全身披挂的帕拉斯。荒唐的情节中蕴含着君王治理国家的秘密，就是应该如何利用国家大事上的商议和争执。首先，应该把要讨论的事交给大臣们商议，这就好比是最初怀孕，但是当商议的事情已经在商议之子宫中产生、成形，即将成熟分娩，那么就不可以继续让谋臣们行分娩之事，这件事并非依靠他们不可，而是应该把事情的决定权收回自己手中，让最后的谕令公之于众。因为这谕令是深谋远虑的，而且是很有效力的，就像是披挂齐全的帕拉斯，出自君王本人，不仅出自其权威，而且出自其头脑当中，这样就会给君王带来更多声誉。

让我们来谈一谈进谏献言之弊病，以及如何弥补的问题。在收集和运用谏言的过程之中，我们可以看到的弊病大概有三点：首先是机密易外泄；其次就是君王的权威将被削弱，过多接纳建议似乎使他们无法总是坚持自己的想法；最后就是那些谗言带来危险，结果这些建议的提供者得到的好处比接受建议的君王得到的好处更多。为了除掉这三种弊病，意大利和法兰西的国王都提倡或施行过秘密顾问会议，不过这种弥补方法比弊病本身更糟糕。

说到保密，君王不需要把一切都跟商议者交流，而是可以进行精选。他询问应该如何行事，并不必代表他要阐明自己将如何做。但是君王要十分清楚秘事之泄露往往不是因为自己。至于秘密顾问会议，下面一句话说得特别像箴言："我真是漏洞百出。"因为要是有一个以乱说为荣的傻瓜，那么其造成的伤害是无法弥补的，即便其余人都遵守沉默是金的准则。可以确定的是，确实有些国家大事需要严守机密，仅仅君王和一两位亲信知道即可。参与商议国家大事的人数少，利于保守机密，减少分歧，保持思想一致。但是君王必须是很精明的，而且可以控制局面；那些谏言者也必得是精明的，特别是要自始至终保持对君王的真诚信赖，就像英国国王亨利七世，面对大事的时候都是独自执行，顶多只与莫顿和福克斯商议。

说到商议国家大事会损害君王的权威这一点，刚才说到的那则神话提供了一些补救方法。不仅如此，君王的尊严在商议事情的过程中有增无减。君王也不会因为与臣下商议国家大事而丧失权威，除非某位谏臣势力过度增长，或者是与各类拉帮结派者交往过密，不过这些都容易发现并且能够遏制。

至于最后一个弊端，人们抱着私欲去提建议，有句话叫作"他在这世上难找到忠信之人"，这句话就是现在这个时代的特征，并没有特指任何人。有的人天生诚信真挚，坦白直爽，不工于心计。总之，君王们要亲近这样的人才。除此之外，还要注意保持两位谏臣之间的距离，避免过于亲密。这样如果任何一位谏言者为了私人目的而提出建议，那么很快就会有人告知君王。最好的补救方法是，统治者了解他的谏臣，就如谏臣了解君王一样：

君王之大德在于知人善任。

另一方面，谏臣们不要过度探究君王个人。称职的谏臣应该精通他上司的事务，而不是上司的本性。这样的话他可以提出很好的建议，而不是一味讨好。如果君王既可以私下采纳个别臣子的意见，又可以公开招募意见，效果会更好。因为私下的意见总是自由随意，而人前的意见则更有所顾忌。私底下，人们总是会更勇于表达自己的想法，而在公开场合则更容易迎合别人的想法，因此最好的方式是两者兼顾——对于那些官阶较低的，最好是在私下询问，以保证其言论自由；但是对于那些官位较高的人，最好是在公开场合征求意见，这样就可以使他们感觉到受尊重。君王如果只是为了某事而征询意见，而从来不为了某人征询意见，那么都是徒劳。因为所有的事务都是无生命的，执行事务的才是活生生的人，所以知人善任才是对的。但是仅仅关注于询问某人也是不够的，特别是不能够凭地位等级来决定是否询问他。这就像人不可以通过自己模糊的记忆或者他人对其的描述来决定某个人是否适合咨询。因为不管是铸成大错，还是显示决断力，个人的选择都十分重要。有句话说得非常对："死者是最称职的谏臣。"因此君王们要多看书，多从书中汲取经验，特别是要读那些曾经也登上君主舞台的人写的书。

今日商议国家大事就像熟人聚会，大都是谈论，而没有论辩，法则和法规就这样生成。在那些特别重大的事情上，最好提前让与会者思考一天，然后到第二天再发表意见，并进行讨论。"夜晚是智谋的时刻"，英格兰、苏格兰联合委员会就采用了这样的方法，这个委员会是一个严肃而有秩序的立法机构。我很推崇议院安排请愿接待日。这样请愿者就会非常清楚什么时候可以出庭，也可以让议院有时间商讨国家大事，这样就可以及时解决最重要的事情。选择议会临时委员会的成员时，最好选择那些中立的人，而不是试图协调对立两派的关系。我也很赞赏建立一些常务委员会，比如说负责贸易、金融、战争、诉讼或者某些殖民地事务。因为有不同的议会特别会议，但是只有一个议会（就好像西班牙那样），那么这些特别会议就好像那些常设委员会，只不过比起常务委员会，它们的权力更大。这些常务委员会应该先听取专业人士的意见，比如听取律师、航海者和皇家铸币从业者的意见，然后再提交给议会。不要让他们集中一起来，或者是用一种特别激动的态度表达意见。因为这样的话就是在胁迫议会，而不是向议会报告。

长桌会议或者是圆桌会议，或者是安排绕墙的位置，这些看起来都是形式问题，但事实上却存在实质的差异。在长桌会议上，坐在首席的少数人实际上影响了整个会谈的结果，但在另一种圆桌会议当中，那些坐在次级位置的谏言者的意见通常会被采纳。如果君王主持议会，那么就要特别小心，不要就讨论的问题太多地表明自己的倾向，否则与会人员就只会随其风向，而不是自由讨论，只是唱一曲"吾将取悦吾主"[①]。

---

① 见拉丁文本《圣经》。

论利己者的小聪明

蚂蚁是一种智慧的利己物种,但它在果园和花园中却是一种狡猾的东西。毫无疑问,人如果过分爱自己就会危害公众。要理智地区分爱自己和爱社会,就是不要因为爱自己而伤害他人,特别是伤害君王和国家。一个人如果以自我为中心那真是不幸啊,就像地球自转,只以自己为中心。与之不同,其他天体都围绕着别的中心在转,而且对别的中心来讲都是有利的。

一切以自我为中心,这对于君王来讲还是可以理解的,因为君王不仅代表自己,他们的好坏决定着公众的命运。但如果是君王的臣子,或者是国家公民的话,以自我为中心就是罪大恶极。因为任何事情经过这样的人手中，这些人都会利用其谋取私利，而他们的利益往往与君主和国家的利益背道而驰。因此，君主或者国家不能任用这样的人，除非让他们做一些不重要的事情。自私的后果是，所有结构和秩序都被破坏，若臣子的利益重于君王的利益，更是秩序大乱。

有一种更极端的情况是，臣子的小利益可能危害君王的大利益。这就是那些贪官、司库、使节、将军，以及其他腐败堕落虚伪的臣子所做的事情。他们获得的小利益与他们的财富相称，但是他们为获得私利而牺牲的公利则与君王的财富相当。毋庸置疑，这是极端自爱者的天性，他们可以放火烧房，这么做只是为了烤熟自己的鸡蛋。

但是这些人往往都会获得君王的信赖，因为他们只学习如何去讨好君王，从而自己获利。他们可以为了任何一点利益而抛弃君主的利益。

自私者的小聪明诸多花样，但都是败坏事情的——它是老鼠的聪明，在房屋将倾之时知道赶紧逃跑；也是狐狸的聪明，它推开獾，因为要将其挖的洞穴占为己有；它是鳄鱼的聪明，鳄鱼的眼泪只为了吃。特别值得注意的一点是,那些(就如西塞罗所写的庞培①那样)"除了自己以外谁都不爱的人",最后都有不幸的命运。他们花费所有的时间为了自己牺牲他人,他们的自作聪明绑住了命运之翅膀,最后他们自己也牺牲给了命运之变幻无常。

---

① 庞培,古罗马政治家、军事家。

论国家真正的强大

雅典人地米斯托克利①说过一番十分自大傲慢的话来夸耀自己,这话被看成是严肃且智慧的发现,广泛地用于他人。在一次宴会上,他被要求弹琴一曲,他说:"我不会弹琴,但是我会让一座小城镇变成大都市。"② 这句话(听起来好像是隐喻)可以表现两种不同的治国能力。因为如果对谏官和政治家做一次真正的审视调查,就会发现(尽管很少这样的情况),那些可以让小国强大的人却不会弹琴;另一方面,也会发现,许多人可以十分精妙地弹奏音乐,却远远不能让一个小国强

---

① 地米斯托克利,古希腊雅典政治家。
② 普鲁塔克:《比较列传》。

大，因为他们的天分体现在另外的方式上——可能把一个伟大强盛的国家毁掉。可以确定的是，凭借这些令国家退化的技巧，许多政府官员获取了上司的青睐和平民百姓的尊重，但他们的这种能力只能称作"弹琴"——只能凭借这种技巧获得一时的欢心，让自己觉得体面，而不是推进他们所服务的国家进步。当然，毋庸置疑的是，也有一些谏臣和政府官员很称职，能够做好事情，而且也可以避免危机和麻烦。尽管如此，他们提升和充裕一个国家的能力还尚有欠缺。暂且不理会官员怎样，我们只谈谈国家大事，首先，什么才是一个王国真正的伟大之处；其次，让一国伟大的方法是什么。这个讨论适合伟大明君好好思考一番。其目的在于：首先不要让他们因为高估了自己的实力而迷失于虚荣的事业；另一方面，不要让他们低估自己而屈服于一些胆怯的建议。

国家在疆土领域方面之强大可以通过测量而得知。国家在经济方面的强大可以通过计算而得知。国家在人口方面的强大可以通过户籍来显现。国家城镇之数目和强盛可以通过图表、地图来展示。但是在国家大事上，没有任何方法能够精确估量和评判国力。天国没有被比喻成一粒大果核,或者坚果,而是被比喻成一粒芥菜籽。芥菜籽是最小的种子之一,但内部却有生长蔓延迅速的特质。同样,有些国家幅员辽阔,却不容易扩张领土或者号令其他国家;而有的国家虽小,却很可能建立强大的帝国。

有护墙的城镇、充裕的军火库、品种良好的骏马、战车、大象、军火、大炮,等等,所有这一切只不过是披着狮子皮的绵羊,除非人民勇猛好战。

不仅如此,如果人民缺乏勇气,军队数量本身并不重要。正如维吉尔所说:"绵羊数目再多也难不倒狼。"① 在埃尔比勒平原上的波斯军队如浩瀚海洋,其人数确实有点震惊到亚历山大军队的指挥官,这些指挥官找到亚历山大希望他下令夜间偷袭。但是亚历山大回答道:"我不想偷取胜利。"结果轻而易举打败了波斯军。当亚美尼亚国王提格拉尼一世率领四十万大军驻守一山头之时,发现罗马大军正在逼近他,只不过一万四千人。他很满意,说:"来的人如果是一个使团的话就太多了,但如果是一支准备战斗的军队,那就太

---

① 维吉尔:《牧歌》第 7 章第 51—52 行。

少了。"但是在太阳落山之前，他发现这些人已经足够追捕他，并将其杀得片甲不留。

有关勇气和数量的奇闻还有很多，所以这足以让人做出一个判断，即对任何国家来讲，强大之关键是拥有一个英勇善战的民族。金钱并非战争之要素（一些浅薄的看法这样认为），由卑微柔弱之人组成的军队的精气神一定会是失败的。因为梭伦对克罗伊斯[①]说的那番话十分正确（其时后者正在炫耀他的金钱）："陛下，如果他人进犯的时候有比你更好的铁器，那么他就将成为这些黄金的主人。"因此，需要让所有的君王或国家认真估量自己的国力，除非他的国军都由优秀英勇的战士组成。另一方面，如果一个国家的臣民都尚武，那么君王就要好好估量自己的力量，除非这些臣民本身有其他方面的缺陷。因为说到雇佣军，所有的例子都向我们证明，依靠雇佣军的国家和君王可能振翅一时，但是很快就会将其关在笼子里。

犹大和以萨迦的天命不可能一致。同样的人民或

---

① 克罗伊斯，吕底亚王国最后一位君主，公元前561年即位，一直在位到公元前546年被波斯帝国的居鲁士大帝打败为止。

同一个民族不可能既是雄狮之子，又是负载包袱的驴子——如果人民赋税太多，也不可能成为尚武勇猛的民族。有一个真理是，经过国民代表同意的征税确实可以较少地影响民众的士气，正如我们在荷兰等低地国家看到的那样，在某种程度上，英格兰王室的特别税也有这样的特征。因为你一定注意到我们在这里谈到的是民心问题，而不是钱包的问题——因此不管是自愿征税还是强迫征税，都来自一个钱包，但是对人民士气的影响却大为不同。因此你可以有这样的结论，那就是对一个帝国来讲，没有人可以负担过重的赋税。

要让那些企图强大的国家认识到如何不让国家的贵族和乡绅发展得过快。因为这样会使平民老百姓渐渐沦为农民和贱民，实际上沦为乡绅们的劳动力。这种情况也可以在树林中看到，如果把树木种植得太密集，就永远看不见清晰的木根，只会看见灌木丛和荆棘。同理，在国家中，如果乡绅太多的话，平民老百姓就会卑下——这就会造成一种结果，即一百人里面只有一个人适合戴盔帽，特别是对作为一支军队神经命脉的步兵来说。因此，尽管有许多人口，力量却是微弱的。最好的例证就是英格兰和法兰西之间的比较。在英格兰,尽管国土面积和人口规模都要小得多,但其国力却远远超过了法国。这是因为英国的中产阶级组成了非常优秀的军事力量,而由农民组成的法国军队却无法与之抗衡。这是亨利七世所建立的军事理念,我曾经撰文详细介绍过他的生平历史,他是值得赞赏和骄傲的君王,特别是他为农户和牧户制定了一套标准,即让他们保留一定比例的土地,这样就可以让他们生活在一个较为宽松富裕的状态下,而非惨淡凄凉。而且要使耕地掌握在所有人手中,而不是全部被盘剥走。这样的策略印证了维吉尔所说的古代意大利的情况:

这是一个有着强大军事力量和肥沃土地的国家。①

还有一个阶层需要提及(据我所知,这个阶层几乎只存在于英格兰,很难在其他国家找到,也许波兰还有),我的意思是说那些在贵族和乡绅家中的身份自由的仆从。说起打仗,他们比农民丝毫不差。因此,毫

---

① 维吉尔:《埃涅阿斯纪》。

无疑问，贵族乡绅家中的习惯，比如豪华、尊贵、好客等，确实能够促使对武力的崇尚，相反，贵族乡绅家中封闭而节俭的生活则可能导致军事力量的匮乏。

用尽一切方法，也要让尼布甲尼撒王国之树的树干足够坚实，可以撑起树的枝叶。这指的是一个国家或者王国的统治者在统治一个异族的时候，应该形成合适的比例。所以，凡是那些能够让异族人民持有自然归化自由的国家都非常适合变为帝国。

你可以想象得到，一小波人凭借自己拥有的世上最大的勇气和最好的政策，掌控了广阔的领土，这种情况可能控制一时，但也可能突然倾倒。斯巴达人在让外族归化的问题上比较保守，因此，当他们固守自己的领土之时，他们坚不可摧，但当他们对外扩张时，他们的枝叶对于主干来讲就太过庞大了，所以突然像风吹果实那般消失了。在这一点上，没有任何一个国家能像罗马帝国那样如此开放地接受异族，并融入本国的肢体。因此罗马人一路胜利，逐渐成长为伟大的帝国。这种做法是承诺让外族人有本国国籍（他们把这叫作"公民权"），他们大量地授予外族人以公民权，这不仅包括财产权、通婚权和继承权，还有选举和被选举权。而且这些权利不仅指向个人，还指向整个家族、整个城市，有时候是整个民族。不仅如此，罗马还有殖民的习惯，这就像把罗马移植到其他民族的土壤当中，让不同的风俗融合。你可以说，不是罗马扩张到世界，而是世界在罗马扩张。这就是确保伟大的方式。

我也对西班牙感到惊讶。他们是怎么凭借如此少的人口而保持如此大的领土的呢？可以肯定的是，西班牙整个本土可以说是一棵非常强大的树干，比最初的罗马和斯巴达要强大得多。不仅如此，尽管他们并没有非常自由地执行归化政策，但他们有一种类似的政策，即几乎无限制地招募各民族的人加入军队，甚至有时候还让异族人做军队的高级将领。不仅如此，最近一段时间，他们对本国人的减少十分敏感，关于这一点我们可以从西班牙国王颁布的国事诏书中发现。

毫无疑问，那些室内的技术工作或者精巧的手工活（这种技术要求的是灵巧的手指而非手臂的力量）有一种与军事性情天然相反的特性。一般来讲，所有好战的人都会有一点懒散，喜欢冒险而不是劳作，如果他们要保持那种崇尚武力的特质,他们也不必改变懒惰的习性。如此看来,古代斯巴达、雅典、罗马和其他一些国家还是有其巨大优势的,那就是他们广泛使用奴隶,这些奴隶一般都可以帮助完成上面所说的那些手工活。但是基督教的律法几乎全部废黜了奴隶制,最接近的一种做法是将这些手工活留给异族人去做(为了这个目的,异族人也可以更容易被本国人接受),这样把绝大多数的本国平民分为三类:第一类是有耕地的农民,第二类是自由身的仆从,第三类是拥有技术的手工艺者,如铁匠、木匠和砖瓦匠,等等。这里没有算上军人。

总而言之,对一个伟大的帝国来讲,最重要的一点是国家承认军事是其最重要的荣耀、目标和职业。因为我们之前所说的那种状况都只不过是进行战争的能力,但是如果有了能力,却缺乏意图和行动,又能怎样呢?罗慕路斯①在死后(根据罗马的传说)送给罗马人一道指令,即无论如何他们都得尚武,这样他们就可以证明自己是世界上最伟大的帝国。斯巴达国的组织完全是为了适应帝国扩张,尽管这种设计架构不甚聪明。波斯人

---

① 罗慕路斯,传说是埃涅阿斯的后代,建立了罗马城。

和马其顿人在短期内建立了帝国。高卢人、德国人、哥特人、撒克逊人、罗曼人，还有一些其他的民族也在一段时间内建立了帝国。土耳其人至今还把持着奥斯曼帝国，尽管已经面临大衰退。而在欧洲，只有西班牙拥有帝国。但是很明显的一点是，人人都在他们最关注的事情上有所进展，这不必多谈。指出以下一点已经足矣——如果一个民族不直接宣称尚武，那么就不可能让伟大落入其口。而另一方面，那些持续尚武的国家可以创造奇迹，这是时间给予的可靠神谕，就像我们在罗马和土耳其人那里看到的一样。说到那些只是在一段时间内尚武的国家，当他们的军事力量开始衰退的时候，一开始用武力建立的那些伟大地位仍可以让他们维持相当长一段时间。

伴随着上面的观点而来的是，对一个国家来讲，他们需要有一个可以带来战争机会的法律或者习惯（这个直接目的可以被隐藏起来）。因为人类天性中被植入了正义这一特征，所以人们不会投入战争（因为战争会造成如此多的灾难），但是会因为别的一些看起来说得过去的原因投入战争，如领土和争端。土耳其人常常为了传播自己的法律和宗教而发动战争，他们总是有这样的借口发起战争。在罗马人那里，虽然他们把无限扩张帝国领土看作是完成这个任务的将领们的殊荣，但是他们从来不会单纯地为了发起战争而发起战争。

因此，首先国家需要非常敏感于别的国家施于本国边境居民、商人或外交使节的错误行为，而且在讨论如何处理挑衅的问题上切不可耽误太久；其次，国家要随时准备好给予他们的盟国军事支持，就像罗马人当年所做的那样。好像那些盟国也跟不同的国家签订了防御盟约，当侵犯发生的时候，这个国家可以向其他国家求助。但罗马人总是最先赶到，这样其他盟国就没有机会获得这份殊荣。至于古代的一些战争，是为了某些国家的党派之争还是为了国家政权的合法性而战，我无法从中看到其正义性。比如罗马出兵为了希腊的自由而战，斯巴达人和雅典人为了建立或推翻某种民主政体和寡头政治而发动的战争，以及外国人以保卫或者解救在暴政和压迫下的民众为名义被迫发起的战争等类似的情况。一个国家如果不善于找到战争的机遇，就别想强大起来。

没有人不运动就能健康，不管是身体还是政治策略。可以确定的是，对一个王国或者国家来讲，一场正义、荣耀的战争就是最好的运动。一场内战确实就好像发了一次烧，但是对外战争就像运动发热，能够切实地保证身体的健康。因为在一种缓慢的和平氛围当中，人民的勇气会消磨殆尽，民风也会堕落。但是不管好战对快乐生活有何影响，其对于国家的伟大影响却是确定无疑的。它可以使国家有一支成熟的常备军队，尽管这项花费不菲。但常备军通常可以在其他邻国当中发号施令，或者至少有很高的威望。这点我们可以在西班牙看到，他们一直有一套成熟的武装力量驻扎在欧洲各地，到现在已经有一百二十年的历史。

在海上称霸是一国强盛的标志。西塞罗写给阿提库斯①的信中说到庞培准备对抗恺撒："很显然，庞培的计划就是地米斯托克利当年用的战略，认为谁控制了海洋谁就掌握了一切。"毫无疑问，庞培如果不是盲目自大而登陆，他肯定可以击败恺撒。由此我们可以看到海洋对战争的巨大影响。亚克兴战役决定了掌控世界

---

① 阿提库斯，古罗马贵族之一、西塞罗之友。

的帝国，勒班陀战役遏制了土耳其人继续强大。还有很多例子都说明了海战对战争最后的胜利起到决定性的作用。但这是君王或国家已经依赖海战的情况。可以确定的是，能够掌握海上局势的人也就掌握了更大的自主权，能够按照自己的意愿决定战还是不战。与之相对，那些在陆地上占据主动权的国家却多次陷入进退两难的境地。可以确定的是，今时今日，我们欧洲占据了海上的绝对优势（这种优势是大不列颠王国最主要的特征），这主要是因为欧洲的王国基本上都不是内陆国，这些国家的国土大多被海环绕。还有一个原因是印度各地区的财富大部分只不过是海上霸权的附属品。

如果我们将近代的战争跟古代战争中那种照耀在人身上的光辉相比，那么近代的战争看起来都显得黯淡无光。现如今，为了鼓舞士气，也设立了一些勋位和骑士称号，却不加区别地授予军人和非军人。除此之外，也许还有些纪念荣誉的纪念册、为伤病建造的医院，等等类似的东西。但在古代，在战争胜利之地会竖立纪念碑，有专门的葬礼悼词来纪念战争中牺牲的生命，有授予个人的花冠和花环，有皇帝这一称号，现在这个称号被各国伟大君王纷纷借用。将领们凯旋之时有仪式庆祝胜利，在遣散军队时还有非常好的福利，这些做法都可以点燃军人的勇气。但是，在所有的庆祝胜利的仪式当中，罗马的凯旋仪式不是炫耀或者显摆，而是有史以来最明智最高贵的做法，其包括了三项内容：一是赐予将士们荣耀，二是有战利品扩充国库，三是给士兵们优厚的赏赐。但是这种荣耀可能并不适合君主国，除非这个荣耀是给君主自己的，或者他的子孙后代的。就像在罗马帝国时代发生的情况一样，只为自己或自己子孙的凯旋设立欢庆胜利的仪式，而对于那些在战争中获胜的其他人，只是授予他们胜利的制服和徽章。

做一个总结，没有人能够（就像《圣经》中所说的那样）小心翼翼就可以"让其身高增加一寸"，这只是借个人身体举例。但是在王国或国家的大框架下，君王或者统治征服的力量可以加强国家的实力。因为通过引进那些规则、制度和惯例，就像我们上文提到的那样，可以为其后代种下强盛的种子。但这些事情通常都不会被发现，只能看机会了。

论野心

野心就好像胆汁,如果不受阻拦的话,其特性可以让人活跃、有追求,充满快意,会让人忙碌起来。但一旦受阻,没办法按其方式继续,野心就很可能导致暴怒,使人变得恶毒、受诽谤。所以有野心的人,如果他们找到了晋升之道,一直向前进,那么他们就不会显得很危险,而是很忙碌。但是如果他们困在自己的欲望当中,私底下感到很不满意,就会用恶魔的眼光待人接物,当所有事情都有回报时才会高兴,那么这样的状况在服务君王或国家的时候就是最糟糕的状况。

所以对君王来讲,如果任用了有野心的人,就要保证这些人一直有可能晋升,而非职位降低,这才是上策。但在实际情况中难以避免麻烦，所以还是不要任用这样的人为好。因为如果他们的付出不符合其晋升的期望，他们就会设法降低工作成效。我们说过，除非必要，最好不要任用这些天生野心勃勃的人，所以有必要来谈谈什么时候才是任用这些人的合适时机。

战争中的好指挥官是必须任用的，不管他们野心如何。因为任用他们可以弥补其他弊端，而任用一个没有野心的战士就好像拔掉了他的马刺。在君王处于危险和遭人嫉妒的境遇之时，一定要用有野心的人作为保护屏障。因为除非一个人像被蒙住眼睛的鸽子那样，看不清自己的状态，只是一味向上蹿，否则没有人愿意充当这样的挡箭牌角色。还有一种情况一定要任用有野心的人，即除掉那些越权的重要大臣。就像提比略用马克罗除掉塞亚努斯[①]一样。

所以，上面诸种情况都需要用到有野心的人，那我们就有必要继续谈谈如何对这些人加以限制，让他们尽可能少些危险。比起出身高贵的人，如果这些人出身卑微，那么他们的危险性就会减少很多。如果他们天生相

---

① 塞亚努斯，古罗马政治家。

当严厉,而不是宽厚的、广受欢迎的,还有如果他们是新近提升的,而不是已经积累了相当多的经验,十分强大的,那么他们的危险性也会相对较小。

有些人把君王有宠臣算作一种弱点,但这是对付有野心的大人物的各种方法中最好的一种弥补方法。因为宠臣们都很了解讨好或者不讨好君王的方法,那么就没有人能够过分强大。另一种限制有野心的人的做法就是用同样有野心的人对付他们,让他们互相制衡。其中就必须有一些调和者保持双方的平衡,因为没有了压载物,船只就会颠簸得太厉害。君王至少可以鼓动一些出身低微的人制约野心家。

说起让野心家们感到威胁,如果他们天性容易恐惧,那也可以收效甚好;但如果他们天生大胆,就会适得其反,会促使他们做危险的事情。至于要让他们倒台,如果事态的确需要如此,但又没办法一举安全取得成功,那么唯一的方式就是持续对他们示好或者震慑他们,他们可能就不知道该怎么做了,就好像迷失在丛林中。

说到野心,在大事上野心勃勃比那些在每件事情上都要显露野心的人危险要小。因为后者滋生混乱,而且妨碍正事。如果一个有野心的人在正事当中兴风作浪,那相比于那些呼风唤雨的大野心家,危险性却会小一些。那些在能人之中寻求出名的人有大目标,但这对公众来讲未尝不是好事。那些试图在蠢人之间显摆的人则会是整个时代的倒退。

欲求高位的人有三个动机:第一个是想获得做好事、大事的平台,第二个是接近君王或其他重要的人物,第三个是自身也想改变命运。持有这些动机的人,当他被看重的时候,就是真诚的人。而那些能够在他所任用的人中清楚确定这些动机的君王,就是聪明的君王。一般来讲,君主和国家政府在选择大臣时,要选择那些非常在乎职责的人,而不是选择那些在意晋升的人。要挑选那些出于良心、真心热爱事业的人,而非为了炫耀而热爱事业的人,要看清愿意报国者是不是有一种忙碌的天性。

论有偿贷款

许多人机智地骂过有偿贷款。他们说，魔鬼取走了上帝的部分，即十分之一，真是悲哀；放有偿贷款的人是最不遵守安息日的人，因为他们每个周日都在赚钱。放有偿贷款的人是维吉尔所说的雄蜂：

> 把那些好逸恶劳的雄蜂赶出蜂房。

放有偿贷款的人打破了人类在被逐出伊甸园后制定的第一条法规，那就是"必须汗流满面才有面包可吃"，放有偿贷款的人是"让别人流汗，自己吃面包"。放有偿贷款的人应该戴上橘褐色的帽子，因为他们做了犹太人做的事情。用钱来生钱是有悖天理的,这样类似的批评还有很多。我只想说,有偿贷款者只是"对铁石心肠的人的让步"。既然世上必有借还这等事情,而人心又是如此坚硬以至于不可能白白借钱给别人,那么,有偿贷款就必须是被允许的。还有一些人对银行、个人财产申报和其他一些发明表示疑虑,也提出了技巧性的建议。但是几乎没有人就有偿贷款提出有效的建议。所以我们必须将有偿贷款的好处和坏处摆在眼前。好的部分可以让大家好好认识并持续推进,不好的部分我们应该小心地提供做法而不会让我们陷入更坏的境地。

有偿贷款的坏处有下面几点:首先,商人更少了。因为如果不是为了这种懒惰的有偿贷款交易,钱不会一直躺在那里,大多数都用于商贸交易,而商贸交易是国家富裕的门静脉。其次,有偿贷款会造就不好的商人。正如农民如果坐享很多地租,就不可能管理好自己的土地一样,如果商人有太多的有偿贷款利润,那么他就不可能运营好自己的生意。第三点坏处也是前面两点的结果,那就是君王和国家的税收减少,税收的涨跌都与商业共命运。第四点，将国家的财富聚集在少数人手中。因为放有偿贷款者盈利是确定的，而其他人的收支则是不确定的，在游戏最后大多数钱财都放在有偿贷款者的盒子里。然而只有财富被更公平、更平均地分配时，国家才能富裕。第五点，有偿贷款打击了地价，因为钱主要用于商贸或土地交易，而有偿贷款则把这两条路都堵塞了。第六点，有偿贷款使所有的工业、技艺提高和新的发明都变得无聊且令人沮丧，钱本来应该用于这些事情上。第七点，有偿贷款会损害更多人的财富，假以时日就会造成公众的集体贫困。

另一方面，有偿贷款的好处有：第一点，尽管在某些方面有偿贷款阻碍了商业发展，但在另一些方面有偿贷款也促进了商业发展。因为交易最重要的部分就是靠年轻商人有偿贷款来进行的，如果放有偿贷款的人要求还清贷款，或者不再借钱，那么肯定会使许多交易中止。第二点，倘若有利息的借款不是那么容易得到，人在突然间遇到困难的情况下，就会破产。这样看来，有偿贷款只不过是侵蚀人们的财产，但低迷的市场则会一口吞掉人们。至于抵押或者典当，很可能无济于事。因为人们不会接受无用的典当物，或者他们就希望典当者到期无法赎回。我记得乡下残酷的有钱人会这样说："让魔鬼取走有偿贷款吧，他让我们老是保留不住手里的抵押和物品。"第三点也是最后一点好处是，设想有一种普通的无偿贷款，这种想法是空想。而且我们几乎不可能想象取消有偿贷款所带来的种种不便。因此，说要废止有偿贷款就是徒劳。所有国家都存在有偿贷款，只不过种类和利率不同，所以取消有偿贷款的想法是天方夜谭。

现在来谈一谈有偿贷款的改进和规范。怎么样才能趋利避害？首先，如果有偿贷款的牙齿被磨损了，就吃不了太多；其次就是要留下公开渠道让有钱人借钱给商人，以保持贸易的延续和繁荣。只有采取两种有偿贷款的方法，即利息较低的贷款和利息较高的贷款，才能做不到上面两件事。因为如缩减有偿贷款，使其利率过低，就便宜了普通的借款人，但是商人却难以赚取更多的钱。值得注意的是，商业交易最有利可图，所以商人能够承受利率高的借款，其他人却做不到。

要同时达到两种目标，其方法简单来讲如下所示：

要有两种利率的有偿贷款。一种针对所有人的自由的普通借贷,另一种是只针对商业交易中特定地方的特殊人群,而且需要有限制。这样看来,第一,要把普通贷款利率降到百分之五,而且要宣布这个借贷是自由无限制的,国家不会对这种借贷实施处罚。这可以避免借贷全面停滞或消失,而且可以减轻借款人的负担。这种做法的好处是可以提升地价,因为以十六年的租金进行土地交易可以每年产生百分之六或者更高的利润,而贷款利息只有百分之五。由于类似的原因,这样做也可以鼓励工业发展和有利的创新改革,因为许多人更喜欢把钱投入工业发展和创新改革上,而不愿意借钱获取百分之五的利率,特别是当他们习惯于工业发展与创新改革投资可以赚取更大的利益。第二,要让一些人以高利率借钱给特定的一些商人,但是要注意以下几点:首先,即使借钱给商人,也要让利率稍微降低,只有这样,所有的人才会因为这项改革措施而减轻负担,不管这些借款人是不是商人。其次,不要让银行或者其他公共资金成为钱财的主人,而是让每一个人都成为其钱财的主人。不是说我不喜欢银行,而是考虑到一些可疑的情况,不能让银行有这样的特权。最后，国家要对特许放债制定相应的条款，征收相应的税率，剩下的则由借款人偿还。例如，那些取得百分之九或者百分之十利息的放款人宁可把利息降到百分之八，也不愿意放弃有偿贷款这份交易，也就是说不愿意放弃稳赚不赔的买卖而去赚取其他有风险的利益。这些特许的放债人在数量上不应限制，而是要把他们限制在一些商业重镇加以实施。因为这样的话他们很难把别人的钱当作自己的钱用，不可能以百分之五的利息借入普通贷款，然后以百分之九的高额利息借出。因为没有人愿意把钱借到远处，或者放到未知人的手中。

如果有人反对，认为这样就会在某种程度上认可有偿贷款的合法性，针对这种质疑的答案是，与其默认其存在让它达到疯狂的地步，不如宣称其合法而加以制约。

论法官的职责

法官们应该记住他们的责任是司法而不是"立法"——是去阐释法律而非创立法律或者修订法律——不然的话,这就像是罗马教会所宣称的那种权力,也就是以阐释《圣经》为借口,不停地添加修改原文,并且宣称有些法条他们在《圣经》中找不到,于是就通过引用古代经典来展示创新的法则。法官更需要谦虚好学而不是机智,更需要令人尊敬而非花言巧语,更需要提出建议而非自信满满。总而言之,正直应是其天性和固有的美德。

法律有言:"挪动地标的人必遭诅咒。"也就是说,偷挪界石的人应该被指责。但当法官在判决地产官司的时候错判,这就是一个不公正的判决,那么他就是移动地标的罪魁祸首。一个错误的审判比多起犯罪伤害更大,因为犯罪只不过是污染了支流,而错误的审判则污染了整个水源——所罗门因此说道:"姑息罪恶之人的善良之人仿佛污染了井泉。"

法官的职责可以涉及诉讼人、辩护人、他们手下的书记官和执行官,也可以上达统治者和政府。

第一,关于诉讼人。《圣经》说:"有人把判决变成了苦艾。"当然,也有人把诉讼变成了醋。因为不公正让审判变苦涩,而拖延则让审判变酸。法官最主要的责任是压制暴力和欺骗,因为暴力一旦打开缺口,就会非常有害,而欺骗一旦被遮蔽起来,也会非常有害。至于那些有争议的诉讼,应该作为妨碍法庭的案子拒绝审理。法官应该用自己的方式做公正的审判,就像上帝用自己的方式削山平壑一般。所以当诉讼的任何一方高高在上、暴力迫害、运用狡猾诡计、合谋串通、借助靠山或者强大的律师之时,法官的职责就是把这些不公正变得公正,也就是说他要让审判变成这样一种过程,即把不平的道路铺平。"过度擤鼻子会擤出血。"正如压葡萄过度的话，就会产生口感苦涩的酒，因为有葡萄籽的味道。法官必须当心的是穿凿附会的推断。因为没有什么比扭曲法律更糟糕的了，特别是在解释刑法的案例当中，法官们应该特别小心什么是错误。不要将法律变成酷刑，不要给人民蒙上《圣经》所说的那种罗网。如果刑法过于严苛滥用，就好像在人民头上铺上了那层罗网。如果刑法里面有那种常年沉睡不用的法条，或者已经不适用于当代的法条，那么明智的法官应该限制使用这些法条来判决。"既考虑到案情本身，又考虑到判案语境，这就是一名法官的职责。"所以审理人命官司的时候，法官应该在法律允许的范围内，在公正中尽量慈悲为怀，用严厉的眼光看待案子，用仁慈的眼光看待犯案之人。

第二，关于控辩双方的辩护人。耐心且严肃地聆听是法官最重要的职责，说话过多的法官就像聒噪的铙钹。对法官来讲，首先去发现本来应该在审判之时从律师那里听到的陈述，或者老是打断律师的证言或辩护以凸显自己的观察之快速，不断地用疑问去提前探寻信息，即使是与案件相关的信息，这些都是不体面的行为。法官在开庭时的职责分为四部分：一是要取得证据。二是要控制时间长短，阻止重复或无关的陈述。三是要概括、筛选和核实庭上发言的关键点。四是要判决。但凡超出了上面的这些职责，就属于越轨了。越轨的原因是喜欢夸耀说话，或者是没有耐心去聆听陈述，或者缺乏记忆力，或者是缺少定力和注意力。令人奇怪的是，冒失胆大的律师对法官施加影响的现象如此普遍。法官本来应该效法上帝，因为他们坐的正是上帝之位，上帝总是要压制专横而施惠于谦虚之人。但更奇怪的是，法官总是偏爱某些律师，这种偏爱只会抬高律师的诉讼费，也会引起别人怀疑。当辩论进行顺畅，辩护精彩的时候，法官应该赞赏辩护者。特别是对于那些没有占据上风的辩护者来讲，这一点尤其重要，这样既可以保护辩护律师在其委托人心中的地位，又可以打击一下他辩论的观点。如果辩护者耍滑头、忽略事实、提供假证、扭曲证据或者过度辩护，那么法官就要适度训诫。法庭上的辩护者不要与法官争辩，也不要在法官已经宣布判决之后，另寻方法重新判决，法官也不要给控辩双方留机会抱怨他们的辩护或证据没有被庭上听取。

第三，关于书记官和执行官。公正的位置即是神圣的位置。因此不仅法官席，而且法院厅堂及其周围区域都不容丑化。正如《圣经》所说的那样，葡萄"不会在荆棘中采集到"，公正也不会在贪污受贿的书记官、执行官中间生产出甜美的果实。法院工作人员容易受到四种坏人的影响：第一种是那些专门挑起诉讼的人，这些人会让法院不断膨胀，让国家衰落。第二种是那些让法院陷入司法管辖争端的人。他们不是法院真正的朋友，而是法院的寄生虫。他们让法院行使超出管辖范围的职责只不过是为了牟取自己的利益。第三种是可以被称作法庭左手的那些人，也就是那些满怀阴谋诡计的人，这些人会阻碍法庭诉讼公正公开的程序，使得公正陷入歪曲之径与迷宫当中。第四种就是那些敲诈诉讼费的人，这些人刚好证明了一个普遍的比喻，即把法院比喻为灌木丛，来这边避难的绵羊都得舍弃一些羊毛。另一方面，一名资深的书记官，非常熟悉判例，在审判过程中谨慎小心，明白法庭运作程序的人，就是法院优秀的工作人员，常常会为法官指明方向。

第四，关于统治者与国家。总之，法官应该铭记罗马十二铜表的结论："人民的幸福是最高的法律。"也就是说，如果不是以人民幸福为目的，法律就只不过是吹毛求疵的东西，是没有得到启示的神谕。因此在一国中，当君王和政府能经常与法官协商，这是一件好事。而且，法官也时常能跟国王和政府商议。前面的那种协商发生在司法妨碍了政务的时候，而后一种协商则发生在国家的某种考虑妨碍了司法执行之时。因为能够引起官司的事情可能是归属权的问题，但是这一归属权的起因和结果则可能触及国家政府的关键问题。我说的国家政府的关键问题，并不仅仅指统治权的部分，而是任何可能导致重大变化或危险的先例，或者会明显影响到大部分民众的事情。不要让人们认为公正的法律与真正的国家政策有对抗和矛盾。因为这两者就像是精神和肉体，一方牵动另一方。要让法官们铭记，所罗门宝座两边都有狮子护卫。法官们可以做雄狮，但不要反抗统治权。也不要让法官们忽略了自己的权益，他们的主要职责就是智慧地运用和执行法律。他们可能记得圣保罗在说一部更伟大的法律时所说的话："我们知道这个法律天经地义，但关键是人也要懂得用它。"

芳草与杂莠

论复仇

复仇是一种野蛮的正义,越是人类天性驱使的,越是需要法律将之排除在外。先错的一方确实触犯了法律,但是复仇等于无视法律。可以确定的是,复仇者可以与仇敌扯平,但是如果可以忘却仇恨,他就更胜一筹。高贵如王公贵族,总是高抬贵手。正如所罗门所说:"若人可以忘记别人的侵犯,那么他将充满荣耀。"过去的已经过去,不可追溯,聪明人有足够的能力面对当下。因此,他们不跟自己过不去,为往事劳神。没有人为了作恶而作恶,只不过是为了获得自身的利益、快乐、荣耀或者类似的东西。因此,我为什么要对一个爱自己胜过爱我的人生气呢?如果一个人做坏事只不过是因为天性本恶，那么他就像荆棘般刺人，除了伤人之外什么都不会干。最情有可原的一种复仇就是去报复那些法网之外的坏事。但是你需要注意的是，要实行这种报复，必须同样逃过法律的惩罚，否则你的敌人还在，这种情况下你必须以一对二。

有些人复仇的时候，清楚告知敌人仇从何来，显得慷慨。这是因为复仇的快感不在于对对方造成多大伤害，而在于让对方忏悔。但是卑鄙狡诈的懦夫只会暗箭伤人。

佛罗伦萨大公科西莫①曾经绝望地痛斥伤害、背叛他的那些朋友，仿佛这些错误是不可原谅的，他说："《圣经》教导我们要原谅敌人，却从未让我们去原谅朋友的教导。"但是，约伯的精神境界更高，他说："让我们从上帝手中获得好处，但如果获得坏处就不满意了吗？"交朋友亦是如此。可以确定的是，如果一个人对复仇念念不忘，那么他实际上也无法让自己的伤口愈合。报公仇大都比较幸运，如为恺撒、佩提纳克斯、

---

① 科西莫（1519—1574），1537年至1574年担任佛罗伦萨公爵，并在1569年担任第一代托斯卡纳大公。

法兰西亨利三世之死所报的仇,等等。但是报私仇却并非如此,刻意去复仇的人,他的生活将变得如巫师般阴暗,亦不得善终。

论伪装与掩饰

掩饰只不过是一种策略或才智——因为要求有智慧,还需要很强大的心理,了解何时吐露真言,或何时直道而行。因此只有政客中的软弱者才最善于掩饰。

塔西佗曾经说利维亚兼有她丈夫的老谋深算和她儿子的深藏不露。由此可见,塔西佗认为奥古斯都善于谋略而提比略善于掩饰。当穆基亚努斯①怂恿韦斯巴芗起兵反抗维特里乌斯②时,他说:"我们起兵既不是对抗奥古斯都敏锐的洞察力,也不是对抗提比略的谨慎和深藏。"

不管是谋略,还是掩饰,事实上都是人的习惯秉

---

① 穆基亚努斯,古罗马驻叙利亚军统帅。
② 维特里乌斯,古罗马皇帝。

性，应当加以区别。如果一个有判断力的人知道什么事情需要公开，什么事情需要隐藏，什么事情需要在何时、对谁闪烁其词（正如塔西佗说的那样，这些都是治国之术、生活之术），那么，对他来说，掩饰就是一种拙劣的技巧。如果一个人无法拥有这样的判断力，那么他只能成为一个伪君子。一个人，如果不能在不同的语境之下随机应变，那么就只好选择一般来说最为安全的方式——以不变应万变，这就好比没有洞见之人只能缓慢而行一般。

可以很肯定地说，最有能耐之人总是能够用开放与真诚的方式处理事情，这样的人会拥有真诚守信之名。他们就像训练骏马一般，能够分辨什么时候停止、什么时候转向，在他们认为确实应该掩饰某事的时候去掩饰，这样的掩饰不留痕迹。

人有三种不同方式的隐藏和遮掩。第一种是深藏不露，紧守秘密，这样的人难以被人看穿；第二种是欲盖弥彰的掩饰，这样的人会故意弄虚作假，让人们发现他是为了保守秘密而伪装；第三种人是刻意去伪装和弄虚作假，这样的人总是非常刻意地作假，并着意假装自己是另外一种人。

对第一种形式的伪装与掩饰来讲，保守秘密事实上是一种倾听忏悔者的美德。毋庸置疑，一个保守秘密的人才能听到更多的忏悔，谁会对一个多嘴多舌的泄密者敞开心胸呢？如果一个人被认为是可以保守秘密的，那么他就会发现更多秘密。这正如禁闭的空间会吸引室外更多的空气一样。在忏悔中，被发现的秘密并不是被世人加以利用，而是让忏悔之人心灵释然。所以可以保守秘密的人会吸引更多的人来对他们袒露心声，尽管世人更喜欢卸下心防而非透露思想。简言之，守口如瓶才有权知道更多的秘密。老实说，袒露总是不好的，不管是身体上的袒露还是思想上的袒露。如果人们不是肆意张扬，那么便可为自己的举止言行平添许多尊贵。那些好高谈阔论的没有出息的人，往往是虚荣且无信的。这些人既要谈他们知道的东西又要说他们不了解的东西。因此总的来讲，保守秘密的习惯既是政治性、策略性的，又是道德性的。从这方面来讲，人的面容最好不要代替其口舌去发表言论。因为一个人的面部表情会暴露这个人的真实自我，它会比一个人的语言更令人印象深刻，也最具有说服力。

　　第二种形式的伪装与掩饰，也就是根据需要去掩饰，许多时候是为了保守秘密去掩饰什么。所以说这样的人要保守秘密，必须在某种程度上是一个伪君子。因为世人太狡诈，不会允许一个人不偏不倚，不向任何一方透露秘密。世人会追问这个保守秘密的人一大堆问题，从蛛丝马迹逼其说出秘密。如果保守秘密者坚持沉默，那么也会在沉默中呈现出某种倾向性；如果保守秘密的人愿意透露任何信息，那些追问他的人也会从这种沉默中探听同样多的信息，就如同从话语中探听信息一样。至于含糊其词或者闪烁其词，那只能暂时掩人耳目。所以没有人是真正可以保守秘密的，除非他时不时进行一些伪装。因此说烟幕弹好歹是秘密的一层外衣。

　　至于第三种形式的伪装与掩饰，那种弄虚作假可以乔装，我认为更多的是犯罪，而非策略，除非是一些重大的罕见的情况。因此，弄虚作假的习性（也就是说第三种形式的伪装与掩饰）是一种恶习。这一恶习有可能是天性所成，也可能是恐惧所致，或者思想上有鬼，不得不掩饰。因此，他事事弄虚作假，否则作假的技艺就会荒废。

伪装与掩饰有三种好处。首先，可以让对手麻痹，然后出其不意。一个人的意图一旦暴露，就会对那些反对他的人发出警报。其次，可以为自己留下后路，因为如果一个人很明确地说出自己要干什么，就必须履行，不然就会面临危机。最后，伪装与掩饰可以更好地发现他人的想法。因为如果一个人将自己暴露无遗，那么他的对手就不会再向他表示相反的意见，他们会干脆地让他继续暴露自己，将他们的言语自由变为思想上的自由。因此，西班牙人有一句精辟的格言：说个谎话，找到实情。就好像经由伪装与掩饰才可以发现实情。当然，伪装与掩饰也同样有三个弊端。弊端之一，作假和掩饰常常是一种恐惧的表现，在任何事业当中，这种恐惧都会阻碍人们射出的箭直中目标。弊端之二，伪装与掩饰可能会迷惑许多本来可以与之合作的伙伴，导致最终只能单打独斗。弊端之三，也是最大的弊端，那就是伪装与掩饰，会使人失去最重要的行为工具之一，即信任。所以说，最好的人品就是在声誉和思想上都保持坦诚，有保守秘密的习惯，适当理性地掩饰，以及在万不得已之下才使用伪装能力。

论嫉妒

没有什么情感比爱与嫉妒更令人着迷或者说令人迷惑的了。这两种情感都伴随着强烈的愿望情绪，很容易就陷入想象或幻觉中；这两种情感也很容易进入世人眼中，特别是将这种情感投射于某一令我们着迷的对象之上，如果说确实有这样令我们着迷的对象存在的话。我们可以看到，《圣经》中把嫉妒称为恶人之眼，占星家则把星象中不好的部分称为凶象。被世人广为认同的一个事实是，人在嫉妒之时便会眼红。妒人之眼最受打击的时刻，便是那些遭人嫉妒者正处于成功荣耀之时，此时是嫉妒之极限。不仅如此，往往在这个时候，遭人嫉妒者总是满面春风，因此最容易引起不满。

然而,暂且不论这些蹊跷之处,我们要讨论一下什么样的人容易嫉妒他人,什么样的人最容易遭人嫉妒,还要谈一谈公众嫉妒与私人嫉妒之间的区别。

一个本身就没有德行的人就会嫉妒别人的德行——因为人的思想要么受到自己好的影响,要么受到他人恶的影响。那些自身缺乏善的人必然要猎取他人之恶。那些没有希望达到他人德行的人则会极力去贬低他人的运气以求得平衡。

爱管闲事和好打探隐私者常常会产生嫉妒的情绪。关注他人八卦的人并非因为关注自身利益,而是因为这能获得一种看客的快感。如果只是关注自身的事情则很难引起嫉妒之情,因为嫉妒是一种游荡的情感,这种情感总是在街上游荡,而不会待在家里。"好管闲事的人必没有安好心。"

出身贵族之人总是嫉妒地位正值上升期的人,这是因为两者之间的距离缩短了。这就像在经历一场视觉骗局,好像人家上升了,自己的地位就会衰落。

残疾人、宦官、老人和私生子都是好嫉妒的。他们无法弥补自己的缺陷,就会尽力去损毁别人。除非上述有缺陷的人具有英雄情怀，立志将自身的缺陷变为其荣耀的一部分。在这种情况下，可以说"这个宦官或者瘸子做得多棒啊"，创造了神奇的荣耀。正如宦官纳尔塞斯①、瘸子阿格西劳斯和帖木儿②所创造的丰功伟业一样。

经历过苦难和不幸的人也同样好嫉妒。因为他们就像时代的落伍者，认为其他人受到伤害是对他们不幸的一种补偿。

那些过分轻率和有虚荣情绪的人，经常希望在许多事情上获胜，所以也很爱嫉妒。他们不可能缺少嫉妒对象——在他们想要赢取的许多事情当中的某一方面，一定会有人超过他们，而且是有很多人都会超越他们。这就是罗马皇帝哈德良③的秉性，他嫉妒诗人、画家和手工艺人，因为他在这些方面也想无人比拟，所向披靡。

最后，近亲和同僚，还有发小，都很可能因为对方的晋升而产生嫉妒的情绪。这是因为同辈的升迁时时提

---

① 纳尔塞斯，拜占庭将军。
② 帖木儿，帖木儿帝国的创立者，出身突厥化的蒙古贵族。
③ 哈德良，古罗马帝国五贤帝之一。

醒自己反观命运。这样的升迁往往会成为圈内焦点,致使其妒火中烧。该隐对哥哥亚伯的嫉妒之所以更加卑鄙罪恶,就是因为亚伯的牺牲奉献并没有旁人看见。

关于好嫉妒之人的话说得够多了。接下来我们要看看那些或多或少会被人嫉妒的人。首先,那些有杰出美德的人,当他们年龄较大的时候,很少遭人嫉妒,这是因为他们的好运看起来只不过是他们应得的报偿。没人会嫉妒应得的报偿,但是褒奖和施舍则更受人嫉妒。再一次强调,嫉妒之情来自与人攀比,没有攀比就没有嫉妒,正因为如此,国王不会被他人嫉妒,除非嫉妒者也是国王。不过应该注意的是,那些卑贱的人在发迹之初最容易遭人嫉妒,随着他们地位的巩固,对他们的嫉妒才会慢慢减少。与之刚好相反的是,那些品行优秀的人则往往是在好运连连的时候特别受人嫉妒。因为那时候,尽管他们一如既往地优秀,但是声势已大不如从前,因为后起之秀已经使其黯然失色。

有贵族血统的人很少在其上升期遭人嫉妒,因为看起来他们的成功归因于他们的出身。而且,这看起来也没有给他们增加额外的好运。嫉妒正如阳光一般,照在陡坡上或河岸边，会比照在平地上更加灼热。依同样的理由，那些职位逐渐升高的人会比突然晋升的人少遭人嫉妒。

那些一直把自己的荣耀与颠沛、焦虑或风险联系起来的人比较少遭人嫉妒。因为世人会认为他们经过艰辛才获得荣耀，反而会时常同情他们，同情与可怜往往可以治愈嫉妒。因此你可以发现，政治人物越是老谋深算，越会在他们发达的时候向人诉苦，抱怨他们过着怎样的生活、自己历经多少痛苦。并不是他们真心觉得如此，他们只是为了减少嫉妒。

不过人们能够理解的是那种真正忙于事业的人，而不是为了忙而忙的人。没有什么比没必要的野心勃勃的忙碌更遭人嫉妒了。所以，对一个伟大的人来讲，没有什么比保证所有下属的权利和应有的身份更能消除嫉妒的了。因为用这种方法就是在自己和嫉妒之间建立起许多屏障。

总之，那些最遭人嫉妒的人用一种傲慢的态度去宣扬他们的好运——他们一定要展示自己有多棒，不然就不舒服。要么就是趾高气扬地夸耀，要么就是一定要战胜所有的反对意见或竞争对手。相反，有智慧的人则往往会对嫉妒低头，宁可自己刻意牺牲一些，在他们不是很关心的事情上让一步，让对手占点上风。尽管如此，以下事实仍然是真理：以平常心和开放坦荡的态度（也就是说没有傲慢与虚荣）来对待自己的成就远比用虚伪狡诈的态度更少遭人嫉妒。因为用后一种态度的人就好像是在否认自己的幸运，会让人觉得他自己都觉得自己不配有价值，因此他的所作所为刚好是教别人来嫉妒他。

最后，来总结下这一部分，正如我们在开篇所言，嫉妒的行为有点像巫术，因此治愈嫉妒只能用巫术，那就是去除"符咒"（世人如此称呼），将其放在他人头上。为了这个目的，那些更聪明的人总是让别人替他们登上台面，以转移本来要降临在他们头上的嫉妒。这种人有时候是其助手或仆从，有时候是同僚或类似的人物。真有野心冒昧之人为了获得权力与事业，不惜代价去做这种替身。

现在来谈谈公众嫉妒。说起来公众嫉妒有其好的地方，但私人嫉妒却毫无好处可言。因为公众嫉妒正如陶片放逐法①，可以遏制一些过度位高权重者，因此它对大人物也是一种束缚，可以让他们循规蹈矩。

在拉丁语当中，"嫉妒"一词写作invidia，在现代语言中增加了不满的意思。关于这一点我们将在谈论平定叛乱的时候谈及。在一个国家中，公众嫉妒就好像是蔓延的传染病，甚至可以侵入身体。当一个国家的国民产生了这样的嫉妒，他们甚至会针对最合理的国家行为，让这些行为背上罪名。这样的话，即使是采取一些公关的花言巧语也没有办法挽回局面，因为这更加表明政府只不过是害怕公众嫉妒，从而导致更大的伤害。正如通常的传染病一样，如果你害怕它，你就是召唤它占据上风。

这一公众嫉妒看起来主要是针对重要的官员和大臣，而不是针对君王和国家本身。但是有一条铁律，那就是当大臣们并无大错误却招致过度嫉妒之时，或者说嫉妒的对象是一国所有的大臣，那么这一嫉妒（尽管隐

---

① 陶片放逐法，古希腊雅典等城邦实施的一项政治制度，由雅典政治家克里斯提尼于公元前510年左右创立，公元前487年左右陶片放逐法才首次付诸实施。雅典公民可以在陶片上写上那些不受欢迎的人的名字，并通过投票表决将企图威胁雅典民主制度的政治人物予以政治放逐。

而不露）确实就是针对国家本身了。公众的嫉妒和不满情绪如上所述，它与私人嫉妒不同。

概言之，在所有情感当中，嫉妒之情是最易使人烦恼，也是持续最久的一种情感。因为在其他情感产生的时候，总是有一定的契机，偶尔为之。因此有句话说得好，"嫉妒从不休假"，因为它总是在这人或那人身上。同样需要注意的是，爱情和嫉妒会让人渴望，但其他情感则不会如此，因为它们缺乏持续性。嫉妒还是最卑劣、最堕落的一种情感，因是魔鬼使然，魔鬼就是那个被称作"在黑夜向麦地里面撒稗子的嫉妒者"。就像一直所发生的那样，嫉妒总是在黑夜暗施诡计，损害像麦子一样的好东西。

论大胆

有一则小故事来自小学课本,但仍然值得智者深思。有一个问题是问德摩斯梯尼①的:"对演说家来讲最重要的是什么?"他回答说:"是动作。""其次重要的呢?""还是动作。""再次呢?""动作。"他对他所说的非常了解,但是在他强调的动作方面,他却毫无天赋。奇怪的是,演说家的动作部分非常浅表,只是一种表演技巧,但这一点被放在最重要的位置,也就是表演的技巧比其他部分如题目的新颖性和讲演的流畅性等高级的技巧更重要。不仅如此,好像表演动作就代表了一切。但其理由却是苍白无力的。在人的天性中,愚

---
① 德摩斯梯尼,古希腊政治家、雄辩家。

蠢胜于智慧。因此在我们掌握的技能里面，我们思想中最愚蠢的部分所选取的技能却往往是最有生命力的。

还有一个例子类似刚才所说的这个故事，那就是在执行国家大事时的胆大妄为。执行国家大事什么最重要？胆大。第二和第三重要的呢？胆大。但是胆大只不过是无知和卑劣的产物，比其他重要的部分次要多了。尽管如此，它却如此具有吸引力，束缚住那些欠缺判断力或勇气之人，对他们来讲这是治国最重要的部分，而且许多智者在懦弱之时也推崇这一信条。

这一信条在民主国家推行得很好，但是在有元老院和君主制的国家则不易推行。更重要的是，尽管大胆的策略一开始都很容易被采纳，但很快就会出问题——因为大胆从来都不可能守信。可以确信的是，有替人看病的江湖骗子，就会有为国献策的江湖骗子——这些人保证计策可以奏效，而且有一两次也许真的侥幸实现，但由于政策缺乏科学性基础，因此不可能真正长久执行。

当然，对于有判断力的人，胆大妄为的人就是一个笑话——不仅如此，即使是对一般人来说，胆大者看起来也颇为荒谬可笑。如果荒诞是嘲笑的主体，毫无疑问胆大妄为者大多是荒诞的。胆大妄为者尴尬失控的时候特别可笑，他们面部扭曲，紧缩成一团，好像木刻一样。面对窘境，一般人往往会局促不安——但对于胆大者来讲，遇到这种情况他们会呆立不动。就像在下棋的时候遇到困局，没有被将死，但已难以有回旋的余地。但这一场面仅仅适合于讽刺小品，而不适合严肃认真的评论。值得重视的是，胆大者总是盲目的，因其看不见危险和麻烦。胆大对决策来讲是有害的，但对执行来讲却是有利的。所以，对胆大者要使用得当，他们绝不可以做决策者，而适合做副手，在别人的指导下行事。因为在决策时会遇见危险，在执行时则不需要顾虑太多，除非危险极大。

论善良与善良天性

我如此看待善良，它指向了人类的幸福，古希腊人把善称作博爱。"人道"这一词语，用来表达善良的内涵显得太轻了。善，我认为是一种习惯，是一种天性。善在人类所有美德和尊贵品质当中，是一种具有神性的特征。缺少了它，人类就是繁忙的、有害的、卑鄙的东西，比害虫好不到哪里去。善良对应了神学三德中的博爱，永远不会过度，尽管可能会错施。权力欲望过度导致天使堕落，求知欲过度导致人类堕落，但博爱却没有过度一说，不管是天使还是人类，都不可能因为过于博爱而处于危险当中。善之倾向深深印记在人类天性当中，以至于善即使不施与人类，也会施与其他生物。正如我们在土耳其所见的那样,即使是一个冷酷的人也会善待野兽,为鸟儿和狗提供救济品。巴斯比奇说过,君士坦丁堡有一个信基督教的年轻人,塞住了一只长喙鸟的嘴巴取乐,结果自己差点被人用石头砸死。

善行或博爱的美德有时候的确会错误地施与。意大利人有一句不讨人喜欢的谚语:"如果对谁都行善,那么就无善可言。"意大利学者马基雅弗利也持有这样的观点,他直截了当地写道:"基督信仰已经把善良的人先交给那些蛮横且不公正的人,任其宰割。"①他之所以这样说,是因为确实没有一种法律或教派或思想像基督教那样重视扬善。因此,既是为了避免丑闻,也是为了避免危险,我们就必须了解在什么情况下不用施与善行。

为他人谋求幸福,但是不能被他人的厚颜或者妄想所绑架束缚。因为那只不过是一种讨好或软弱,这种讨好或软弱会绑架、控制真诚的思想。也不要把宝石给《伊索寓言》中的那只公鸡,如果给它一把谷物,它会快乐幸福得多。上帝的例子教给我们一个真理:他将雨

---

① 马基雅弗利:《君主论》。

水和阳光同样施与公正之人和不公正之人。但是他不会把财富、荣耀和美德平等地降予人类。因为普通的恩惠可以施与每一个人,但特殊的恩惠则要选择性给予。要特别当心如何才能在画肖像的时候不毁掉模型,因为神把自爱当作模型,而我们对邻人的爱只不过是对自己的爱:"卖掉所有的财产,捐给穷人,跟随我。"但是除非你真的要"来跟随我",或者说除非你确实获得了召唤,用你那微薄的财产所行之善也能十分伟大,那么不要卖掉所有的财产,否则你只不过是将一小股泉水注入川流。

为善不仅出于正当理由,而且有些人的本性当中,就有一种向善的倾向。另一方面,也有一种天性的恶,某些人天性就不愿意造福他人。恶性比较轻的一类人只是坏脾气、直性子、喜欢唱反调、固执,等等。但恶性比较重的人则会嫉妒,更卑劣。这种人,在他人的不幸当中获得快感,还不如替拉撒路舔伤口的那些狗,简直就像那些一看到伤口就围上去嗡嗡乱叫的苍蝇。这类憎恨人类的人,把引人上吊当作日常活动,但是他们连泰门都不如,因为在他们的园子里都没有一棵专门供人上吊的树。这种恶行就是人类天性中的畸形，但却是造就政客的最佳材料，就像弯曲的木材，最适合制造风浪中的船只，却不适宜制造坚固的房屋。

善良有许多特征与标志。如果一个人对陌生人友好谦逊，这表明他是世界公民，他的内心不是一座孤岛，没有与其他的岛屿分离，是一片连接岛屿的广大陆地。如果他对他人的苦难产生了同情，那么表明他的心如名贵树木那样，宁可自己受伤，也要给予香膏。如果他能轻易地原谅、宽恕别人的冒犯，那么说明他的思想超然于伤害之上，所以他不在意被伤害。若他能对小恩小惠也心存感激，那么说明他看重人的精神。不过，总的来讲，如果他能像圣保罗那样完美，愿意为了拯救他的兄弟而被赶离基督，那就充分说明他的神性与基督已经有了一致性。

论狡诈

我们把狡诈看成是灾难，或者是不正当的智慧。的确，在狡诈之人和智慧之人之间存在着诸多不同，两者的区别不仅在于诚实，而且在于能力。比如有人在洗牌方面很在行，却不善于打牌。同样地，也有人很善于游说及结党营私，除此之外一无所长。另外，理解人是一回事，通达事理是另一回事。许多人擅长揣摩人心，但在真正做事的时候却不怎么样，这就是只揣摩人心而不读书的结果。这样的人更适合实践，而不是商议大事。他们也不错，只是有自己独特的行事之道。如果将他们变为新人，他们反而会失去目标。所以有一个老法则，即通过一个聪明人对比出一个傻瓜："把两个人赤裸裸放在陌生人中间，就可以分辨出智慧与愚蠢。"因为狡诈之人就像小商贩，所以说说他们的货物也不为过。

狡诈的关键就是要在与人谈话的时候十分小心地察言观色，就像耶稣会会士在戒律中说到的那样——许多聪明人有隐秘的内心世界，但面部却坦诚透明。在察言观色的时候最好保持谦恭，因为耶稣会会士也是这么做的。

狡诈的另一个关键要点，如你想要得到什么东西，你去讨好一些人的时候要先顾左右而言他，以免他们太清醒而拒绝你的要求。我知道一个顾问和国务大臣，他从来不直接把要签署的文件带给伊丽莎白女王，而总是与她谈谈国家大事以转移注意力，这样她就没有那么留意文件了。

类似地，我们可以在某人忙碌时去提出诉求，这样他就没有时间对你提出的要求多加思考。

如果一个人想要拒绝某项事情，但是他又怀疑别人肯定可以继续推进这件事，那么他就可以假装希望一切顺利，然后用自己的方式推进这件事，以致这件事最后不了了之。

即将脱口而出的事情说到一半就戛然而止,假装突然觉得自己说错了话,这样往往会勾起人更大的兴趣,而你本来就希望他知道更多情况。

经过询问才获得答案,比你直接提供答案能获得更好的效果。你可以留下一些疑问来吊对方的胃口。比如你可以假装摆出一种跟平时不一样的表情。到最后,留给别人机会询问你,为什么会有这样的变化。就像尼西米所做的那样:"我在国王面前从来没有表现出伤感。"①

在讨论令人不愉快的、难以启齿的事情时,巧妙的破冰方法是让一些说话不占分量的人先把事情说出来,然后随机再将事情重述一遍,以增加其分量。这样当事人就会向你询问前面那个人所说的情况。纳尔奇苏斯就是用这样的方法向克劳狄报告了梅萨丽娜和西利乌斯结婚的消息。

如果不想把自己牵扯到事情当中,那么狡诈的关键之处在于借用世人之名,可以这样说:"世人都说……""周围都有这样的说法……"

---

① 《圣经·旧约·尼西米记》第 2 章第 1 节。

我知道一个人，他写信的时候喜欢把最重要的事情放在后面的附言当中，这样看起来就像是顺带提起的。

我还认识另外一个人，当他要发表言论的时候，总是会略过他真正最感兴趣的部分，辗转迂回，然后将事情说出来，就好像他几乎忘了这件事而只是偶然想起来一样。

有些人在他们希望施加影响的人面前假装惊奇，好像对这些人的到来感到意外。他们手中拿着一封信，或者正在做某件他们并非惯常所做的事情，从而引起别人发问，趁机谈及早已准备好的话题。

狡诈的另外一种表现是自己说一些话，然后故意让别人传播，从而从中得益。我知道伊丽莎白时代有两位臣子竞争国务大臣的位置，但他们还是保持着来往，常常交换对国务大事的意见。其中一位说，在王权衰落的年代当国务大臣是很难对付的事情，他一点也不想揽活。另一位就直接记住了这句话，在其朋友中传播，并且说他没有理由在这样王权衰落的时代当国务大臣。第一个人立刻抓住了这个言论，并找到合适渠道将之告知女王。女王听到"王权衰落"几个字，非常生气，从此以后再也不听另外一个人的意见。

另外还有一种狡诈,在英国称之为"平底锅里面翻饼",就是说,一个人把他对别人说的话翻过来,当作是别人给他说的话。说真的,事情只在这两人之间传播,要想搞清楚这话最先由谁说出很不容易。

有些人也会用负面的方式担保别人,让别人处于不利的境地。就好像说:"我不会干这样的事情。"比如提格利努斯替布鲁斯说话:"他对陛下并无二心,只是想确保您的安全。"

有些人读了很多神话故事,好像他们说什么事情都可以将自己的观点纳入某一神话当中,这样既可以保护自己,又可以让他人更乐意听自己的话。

对一个人来讲,狡诈的好处之一是可以在提问的时候,暗示自己的意愿,从而去诱导别人回答自己想要的答案,这样就可以让答话者少一点疑惑。

一个人在说真正想表达的事情之前,所拖延的时间之长、所绕的圈子之远,以及牵扯的其他事情之多都是令人不可思议的。这样做需要很大的耐心,但却有很好的效果。

如果突然问一个别人预料不到的问题，就会让人在毫不设防的情况下敞开心扉。这就像一个换了姓名的人在圣保罗教堂前面散步，突然有人在他身后直呼其真名，那个人肯定会回头。

狡诈的伎俩数不胜数，如果能够列一份清单就真的太好了。因为对国家来讲，最大的伤害莫过于把狡诈的人当作智者。

可以确定的是，有些人只知道事情的兴起和衰落，却弄不清楚其中的原因。就像一座拥有方便的楼梯和门禁，却没有舒适的房间的屋子一样。因此，这样的人做事可能会歪打正着，却没有审查和辩论事情的能力。但他们往往能从自己的无能中获益，他们的判断也常常备受推崇。有些人高升是依靠谎言，但所罗门说过："智者之智在于明道，愚者之愚在于欺诈。"[1]

---

[1] 《圣经·旧约·箴言》第14章第15节。

论假聪明

我觉得法国人比他们看起来要更聪明,而西班牙人则看上去比实际更聪明。不管两个民族之间的区别是不是这样,可以确定的是,人与人之间的确如此。正如圣保罗谈到虔诚时所说的那样:"看起来做出虔诚的样子,但实际上却拒绝那样做。"所以,在智慧和能力方面,当然会有人几乎不做事,或者只能"非常费力地做点小事",但却聪明能干。对于一个有判断力的人来讲,如果看见有人如何用手段和方法让虚伪变成有深度有内涵的事情,那他们一定觉得十分荒谬,以至于可以写讽刺文章了。

有些人就是这么保守,除非在黑暗状态下,不然从不显露自己真实的一面,总是或多或少地有所保留。当他们清楚自己正在说他们并不了解的事情的时候,会设法让别人认为他们所说的东西只是难以言传。有些人装腔作势,借此让自己显得聪明。就像西塞罗评价皮索:"你回答不赞成虐待的时候,一道眉毛扬到了额顶,另一道眉毛则垂到腮边。"有些人认为,要显得聪明智慧就得说一番重要言论,或者要专横独断,并且进一步认为只要被允许,他们就可以承担根本做不好的事情。有些人,对已经超出了自己所知晓的范围的事情就装作鄙夷,或者把这当作稀奇古怪的事情来藐视,以为这样他们的无知就会被视为颇有判断力。有些人从来都要与众不同,常常用诡辩来愚弄人,逃避真正要谈论的事情。格利乌斯曾经谈到这种人是"用模棱两可的华丽辞藻耽误大事的白痴"。柏拉图也曾在其《普罗塔哥拉》中评价了这类人的代表——普罗迪卡斯,他创作了一篇对话,让普罗迪卡斯发表了一篇从头到尾都与众不同的演说。一般来讲,这样的人在所有的审议中都很喜欢提反对意见,希望通过提反对意见和预言困难来获得信誉。因为提案一旦遭到否决,对他们来讲事情就完成了。但如果提案通过，他们还要重新做新的工作来彰显自己的不同。这种假聪明其实是事业之大害。总而言之，即使衰落的商人或者秘密破产的人也没有用如此多的诡计去保住他们的财富，而这些虚伪的人却不得不尽力保证他们的信誉。看上去聪明的人可能会扭转某种观点，但千万不要让他们担任要职。毫无疑问，你需要的人才哪怕是有点愚笨的，也比这些徒有其表的人要强得多。

论多疑

我们思想中的多疑猜忌就像蝙蝠——只能在黄昏时飞来飞去。当然它在我们的脑中会被压抑，或者至少被严防住。这是因为多疑总是蒙蔽我们的思想，让我们失去朋友，它还总是干扰我们的事业，使得事务不能及时持续地进行下去。它让君王变得暴怒，让丈夫变得嫉妒，让智者变得优柔寡断、情绪抑郁。

猜忌多疑并非内心的缺陷，而是脑子的缺陷，因为最强壮的人也会犯这个毛病，就像英格兰国王亨利七世那样。没有人比亨利七世更多疑，就像没有人比他更强壮一样。在这种情形之下，多疑猜忌并不会造成大的伤害。因为一般来讲这些人不会承认他们自身是多疑的，而是仔细检查自己是否变得很疑心。但是对那些具有恐惧天性的人来讲，疑心病会越来越厉害。

没有什么比不甚了解更让人产生怀疑情绪了。因此，我们要了解更多信息来治多疑病，而不是让疑虑藏在迷雾当中。人为什么要多疑呢？是不是他们认为他们雇用或交往的人都应该是圣人？难道他们不认为他人应该为自己打算？难道他们不认为所雇用的人和交往的人应该对自己更忠实而不是对他们更忠实？

没有什么比以下这个方法更能消除疑虑了，即"一方面，把疑心当作真实的状况加以提防，另一方面，把疑心看成是假的，以便克制自己的疑虑"。这样，人就会把疑虑当作防范，即使所猜忌的事情是真的，也不会造成什么伤害。

脑中产生的猜忌就像蜜蜂嗡嗡作响，但那些人为造成的猜忌却往往是有刺的，比如他人的传闻和流言在我们脑中所形成的猜忌。可以确定的是，在猜忌之丛林中，最好的清道方法就是坦诚地将疑虑告诉你所怀疑的对象。这样我们才能比之前更多地知道真相，也才能让这个你所怀疑的对象小心一点，不要再给别人造成更多的猜忌。但是，对待生性卑劣之人则不可以使用这样的方法。因为一旦发现自己遭到怀疑，他们就永远不可能诚实。意大利人说得好："疑心是忠诚的护照。"好像猜忌的确给了忠诚通行证，但其实猜忌更应该激发忠诚，以证明自身无可置疑。

论人的天性

天性往往隐藏起来，有时候被克服掉了，但是很少消失。高压会让天性反弹得更为猛烈。谈话会让天性稍有收敛，但只有习惯能够转变和制服天性。要想获取胜利，人就必须克服其天性，给自己制定的目标既不要太远大也不要太渺小。因为前者很可能因为失败而让人灰心沮丧，而后者虽然便于实施，但却会让人做不成大事。最初，一个人要在协助下实践，就像泳者需要气囊或其他漂浮物。但是，过一段时间，就要设计一些障碍加以练习，就像舞者穿着沉重的鞋子跳舞一般。只有练习比平时更困难，在平时运用的时候才更顺当完美。

天性愈根深蒂固，成功愈困难，所以有必要循序渐进。首先练习及时克制自己的情感（就像易怒者暴怒的时候默念二十四个字母一般），然后在数量上减少对天性的依赖。正如一个好酒之人从一顿饭一杯的量减少到一口的量。最后，再彻底戒掉某些天性。但是如果一个人有毅力和决心可以一次性戒掉坏习惯，那就是最好的：

> 最维护精神自由的人才能断然砸碎束缚其心灵的锁链，从而一劳永逸地免除烦扰。①

古训认为，用完全相反的习性来纠正原有的天性并不为过，只要这个相反的习性是对的。不要强迫自己一鼓作气养成一种习惯，而是需要有一些中断。因为所有的停顿都巩固了新的习惯，如果一个人并不善于实践，那么他很可能在练习的过程中既养成了好习惯，又培养了新的坏习惯。所以唯一的解决方法就是停下来理智地思考一下。

但是，不要让一个人对自己克服天性的能力太过自

---

① 奥维德：《爱之治疗》，第293—294行。

信，因为克服天性需要很长的时间，一旦遇到机会或受到诱惑又会复发。就像《伊索寓言》里那位猫变的女孩，她本来一直安静地坐在桌边，直到一只老鼠从她面前跑过。因此，一定要避免旧习复发的机会，或者常常让自己陷入这样的机会，这样他就会不为所动。

一个人在私人领域最容易萌发天性，因为私人领域没什么激情，而且会让一个人摆脱清规戒律。或者是在接受一项新任务或实验的时候也会放任天性，因为没有习惯可以遵循。

天性刚好符合职业，这样的人最幸福，否则他们做那些自己不喜欢做的事情，就会说："我的心长久寄人篱下。"在研究学习方面，如果一个人强迫自己研究某一学科，就要为此安排出固定的时间；但如果这一研究符合其天性，他就不必费神安排固定的时间。因为他的思绪会自己飞向研究对象，只要是做其他事情和研究的时间允许的话。一个人的天性既可能长成芳草，又可能成为杂莠，因此要定期浇灌好的部分，根除坏的部分。

论残障

残障者一般都会向自然报复,因为自然将疾病施与他们,所以他们也会如此对待自然。大部分人(都如《圣经》所说的那样)"缺乏自然情感"①,所以他们会向自然复仇。可以确定的是,在肉身和思想之间会有一种平衡,也就是说"自然在一方面出差错,就在另一方面担风险"。但是因为人在构建思想时可以选择,而在构建身体时却有必然性,天生倾向的命运之星有时候会被决定道德戒律之太阳所掩盖,因此,最好不要把残障看作是一个人可以被欺骗的标志,而是看成一种很可能造成某种结果的原因。任何一个身上有缺陷而遭人歧视

---

① 《圣经·新约·罗马书》第1章第31节。

的人，都有一种希望自己可以免受嘲弄的永恒动力。因此，所有残障人士都是很勇敢的：开始是因为受到别人嘲弄时而进行的自卫，假以时日就变成了一种习惯。还有，残障这种状况会促使他们努力去观察别人的弱点，这样就能发现一些可以报复的地方。还有，残障人士在那些占优势的地方，可以消除别人对其的嫉妒，因为别人会认为他们不过是取乐的对象。还可以让他们的竞争者麻痹，因为没人会相信残疾人能够有超越的可能性，直到亲眼看见他们获得好处。所以依据以上这些事实，如果很有智慧，就会认为残障对升迁是有好处的。古代的君王们（今天一些国家依然这样）都习惯信任宦官，因为他们嫉妒所有人，所以会服从并效忠于君主一人。不过，君主对宦官的信任只是把他们看成是好的耳目和探子，而不是好的行政官员。宦官和残障人有很多相似之处。如果他们有志气，他们要努力让自己免于嘲笑，这既要靠道德的方式，又要靠罪恶的方式。因此，如果看到残障者是优秀的人才，千万不要惊讶。就像斯巴达国王阿格西劳斯、苏里曼一世之子桑格尔、寓言大师伊索和秘鲁总督加斯卡都是这样的，苏格拉底等人也在其中。

论虚荣

有一则《伊索寓言》说得真好。苍蝇停在车轮的轮轴上说:"我扬起了多大的尘啊!"所以有这样一种虚荣的人,不管事情是独立进展,还是依靠更重要的方式进展,如果他们能跟这件事情扯上一点点关系,他们就会认为是自己推进了事情的发展。这类人也一定喜欢派系斗争,因为吹嘘必须建立在对比之上。为了使他们的吹嘘看起来真实可信,他们必须激烈一点。他们也不可能保守秘密,所以往往是没用的。这就好像法国人的一句谚语——喜欢吹嘘的人做得最少。但是可以确定的是,在处理国内事务的时候,好吹嘘的特征可以被好好利用一番:这类人都是好的吹鼓手,可以创造出一些名声，不管这名声是美德还是丰功伟绩。就像李维谈到安条克三世和埃托里亚人结盟的时候注意到的那样，有时候吹捧双方会获得特别好的效果，好像一个在双方君王之间协商斡旋的人，说服双方联合起来参战对付第三方，他会对双方夸大对方的力量。有时候在两个人之间周旋协商的人也会夸大自己在双方面前的影响力，这样就会加深双方对自己的信任。这样类似的吹嘘往往会产生无中生有的效果，因为谎言足以滋生出某种想法，而想法则会带来实践效果。

在军官与士兵那里，虚荣是最本质的一点。正如铁器和铁器之间可以相互磨砺那样，一个人吹嘘也可以激励另一个人。在那些需要付出代价、需要冒险的伟大事业当中，那种想要荣耀的想法的确会让一个人将生命投入事业当中。那些冷静坚毅的人，更适合做压舱物，而不是做风帆。说到学者的名声，如果没有几片装饰的羽毛，其名声会传播得很慢："那些认为写书和名望都是粪土的人，都没有忘记把他们的大名印在首页。"[①]苏格

---

① 西塞罗：《图斯库兰谈话录》。

拉底、亚里士多德、盖仑①都特别喜欢夸耀自己的才华。可以确定的是，虚荣会帮助一个人进入人们的记忆当中，美德对人们来讲从来不需要感激，所以美德都是通过第二种途径进入人们的记忆当中。西塞罗、塞涅卡和小普林尼自身如果不是喜欢吹嘘的人，他们也不会获得如此名望。虚荣就好像刷在墙上的漆，不仅让墙光亮，也让其经久耐用。

当我说到虚荣的时候，我并不是指塔西佗形容穆奇阿努斯的那种特性："这个人有一种可以让自己以往所有的言行都获得赞扬的技巧。"②因为这技巧不是来自虚荣，而是天生的宽宏大量和谨慎。在某些人身上，这种特性不仅让他们看起来引人注目，而且还优雅高贵。因为谦虚、宽容和谨慎本身就是最好的装饰艺术。在这类艺术当中，没有什么比小普林尼所说的那种更妙的了，就是说，你发现别人身上有跟你类似的优点，那么你要毫不吝啬地赞扬别人。正如普林尼所说："推崇另一个人，你也就是在赞扬自己。"那个你所称赞的人可能比

---

① 盖仑，古罗马生理学家及哲学家。
② 塔西佗：《历史》第2卷第80章。

你更好，也可能比你更差。如果他不如你，那么他受到推崇，你就更值得被推崇；如果他比你好，他没有受到推崇，你就更不值得被推崇。

虚荣的人被有智慧的人所鄙夷，被傻瓜所欣赏，是寄生者的偶像，也是他们自身谎言的奴隶。

论荣耀与名望

赢得荣耀不过是无损地显露一个人的美德和价值，因为某些人在其行动中的确非常渴望追求荣耀和名望——这类人往往惹人非议，却没有真正获取别人的青睐。与之相反，有些人在展示其美德时总是遮遮掩掩，这样的话在别人心中他们的价值就被低估了。如果某人能够做一件从未被别人做过的事情，或者是别人尝试过然后又放弃的事情，或者是别人已经做成功但却不是很圆满的事情，那将比去做一件也许更艰难或者更具美德但是别人已经做过的事情获得更多的荣耀。如果一个人非常讲究行事之度，也就是他的某些举动会让敌友都满意，那他唱的赞歌就会更圆满。如果一个人在行事的过程中不好好珍惜自己获得的荣耀，他的失败对其名声的损毁要远多于他成功获取的荣耀。通过战胜他人而获取的荣耀，这种荣耀的传播效果是最快的，因为这种荣耀就像打磨过的钻石，因此，一个人要去战胜任何一个有名望的对手，就要尽可能地在自己擅长的方面打败他们。谨慎的随从与仆人对建立名望有很大的作用："主人的名声都出自仆人的口中。"①嫉妒是荣耀的天敌，最好表明自己是追求功绩而非名声，以此来打消别人的嫉妒。在强调一个人的成功的时候，要侧重于将功劳归于上帝和命运，而不是自己的功绩或策略。

对统治者来讲，他们的荣耀可分为以下几等：第一等荣耀是建国者，如罗慕路斯、居鲁士大帝、恺撒大帝、奥斯曼一世、伊斯玛仪一世。第二等荣耀是立法者，也被叫作第二代建国者，或者"万世之君"，因为他们离世后也可以依靠自己创立的律法管理国家。这类人有来库古、梭伦、查士丁尼一世、埃德加和创立《七法全书》的智慧的阿方索十世。第三等荣耀是解放者或救星，就是把国家从内战的长久不幸当中解救出来，或

---

① 西塞罗：《执政官竞选手记》。

者是将自己的国家从异族或者暴君统治下解救出来的那些人,像奥古斯都·恺撒、韦斯巴芗、奥勒良、狄奥多里克、英国国王亨利七世和法国国王亨利四世那样。第四等荣耀是拓展者或者说保卫者,比如说指挥了拓疆之战或者是保卫国土之战的人。最后一等荣耀是明君,他们执法公正,在统治期间让国家享有盛世。后两类君王的例子不胜枚举。大臣们的荣耀分为以下几等:第一等荣耀是可以分忧的大臣,依靠他们,君王可以大大减轻自己身上的重担,我们也将其称为左右手。第二等荣耀是率军大臣,伟大的将领。就像是君王的代理,在战争中建功立业。第三等荣耀是心腹,也就是君王最爱之臣,最好把握这样的一个度:是统治者的慰藉,但却对民众无害。第四等荣耀是称职的大臣。也就是那些一人之下万人之上的大臣,能够称职有效地完成自己的职责。还有一种荣耀,可以看作是最伟大的荣耀,也很少有。那就是为了国家的利益牺牲自己,或献出生命或使自身陷入危机。就像勒古鲁斯[①]和德西乌斯父子[②]。

---

① 勒古鲁斯,古罗马军事活动家,第一次布匿战争时期的统帅。
② 德西乌斯父子,古罗马将领。父子先后于公元前 340 年和公元前 295 年为国捐躯。

论愤怒

让愤怒消失只不过是斯多葛学派虚张声势的言论。我们有更好的神谕:"愤怒吧,只要不犯罪。不要在太阳落山时还在愤怒。"愤怒要被限制,不仅在程度上要有所限制,在时间上也要有所限制。我们首先要谈一谈如何激发天性中那种克服"愤怒"的倾向和习惯,然后要说一说哪些举动可以抑制发怒,或者至少让愤怒不要造成危害,最后要谈一谈如何让他人动怒。

关于第一点,没有其他的方式,只有好好反思发怒的后果,想想发怒会给人的生活带来怎样的麻烦。当怒气基本消散后回顾一下,这是反思的最好时机。塞涅卡说得好:"怒气就像倒塌的建筑,在其倒塌之处留下一片废墟。"《圣经》也规劝我们："让我们的灵魂停留于耐心当中。"谁失去耐心，谁就失去了灵魂。人不可以变成蜜蜂：

> 为了愤怒而蜇，失去生命。

愤怒是一种卑下的情绪，它总是出现在它容易支配的脆弱主体那里，比如孩童、妇女、老人、病人。但是人必须注意的是，他们生气的时候应该带着诅咒而非恐惧，不然受到的伤害更严重，这点很容易做到，如果一个人愿意遵照上面的法则行事。

关于第二点，愤怒的原因和动机主要有三点：第一，对伤害太过敏感。如果没有感受到伤害，就不会动怒。因此，心思细腻脆弱之人一定会经常生气，因为他们有这么多的事情困扰，而个性坚强的人就很少会意识到伤害。第二，所受到的伤害或者所处的环境使他感受到了侮辱。因为感受到侮辱就是愤怒的边缘，这比伤害本身更甚，更让人愤怒。因此，当一个人特别敏感于自己身处被侮辱的环境，就很容易点燃愤怒之火。最后，认为自己的名声受损也会加剧愤怒的程度。关于这一点的弥补方式，正如西班牙将军贡萨洛所说的那样，要为"名声建造一个更坚固的掩体"。要克制上面所说的种种愤怒，最好的弥补方法就是赢得时间，让一个人相信他复仇的机会还未到。但是他会预见未来某时是复仇的好机会，这样就可以让自己平静，把持住怒气。

如果某人已经被怒气把控，就要避免愤怒带来不幸的后果，这需要特别小心两件事。首先，要注意那些极端尖刻的言辞，特别是这些言辞指向了某个具体的人。因为无所指向的谩骂不会那么过分。还有，怒气中的人不可揭秘，如果揭秘就不适合在一个团体里待着。其次，就是不要因为愤怒而推开自己的正事职责。无论怎样愤怒，都不要做出任何不可挽回的事情。

要激起他人的怒气，主要是选择合适时机，就是要在对方心情最糟糕的时候激怒他们。而且，正如前面所说的那样，要尽一切可能去搜集能让对方感到侮辱的方式。相反，如果不想激怒别人，也有两种弥补方式：一是选择好的时机，如果要说一件可能导致某人生气的事情，就要选择他心情好的时候，因为第一印象十分重要。另一种弥补方式是,尽可能地让他感觉到他所受到的伤害没有侮辱性质,把这些伤害归于误解、恐惧、激动或其他你能想到的理由。

拥挤的人群并不是陪伴

论父母与子女

父母总是将快乐、悲伤和害怕的情绪隐藏起来。他们既不说出快乐，也不吐露悲伤和恐惧。孩子们是甜蜜的负担，一旦发生不幸，就会让父母的痛苦加倍。他们可能增加了父母的生活负担，但也减轻了父母对死亡的忧虑。野兽都知道代际的延续，但记忆、功绩和尊贵则是人类专有的。可以肯定的是，我们看到许多拥有最尊贵的事业或最重要的奠基人都无子嗣，这样的人无法成功展示身体之图景，因此才会力图表现他们思想的图景。那些建立家业的第一代人才是最纵容孩子的人，他们把孩子看成是延续，不仅是生命的延续，而且是事业的延续。

父母对不同子女情感的差异常常是不公平的,有时候是不值得的,特别是母亲那边的态度。正如所罗门所说:"一个聪明的儿子会令父亲高兴,但是一个坏儿子会让母亲蒙羞。"① 人们会看到,在孩子多的家庭里面,最大的一两个孩子总是被人尊敬着,但是最小的那个孩子往往最荒唐,而居中的几个则往往被忽略,但这几个孩子却常常被证明是最棒的。在零花钱上,父母对孩子过于吝啬有害无益,这会让孩子们变得卑劣,擅长哄骗,结交不三不四的朋友,而且他们一旦有钱了就会铺张浪费。因此,最好的教育方法是父母在孩子面前树立绝对的权威,但却不限制其荷包。人们常会有一个很愚蠢的习惯(不管是父母、学校的管理者还是仆人都如此),那就是让孩子们在孩童阶段不断竞争,导致孩子们在成年之后兄弟不和,也扰乱了家庭的和睦。意大利人对子侄或其他亲戚孩子的态度没有差异,即使孩子不是他们亲生的,他们也一视同仁。说实话,这是符合天性的。我们常常看到侄子外甥像叔舅多于像其亲生父母,或者另外一个亲戚,这就是血缘造就的。父母们越

---

① 《圣经·旧约·箴言》第 10 章第 1 节。

及时为孩子选择需要修读的专业和课程，孩子的可塑性就会越大。同时，父母们不要太关注孩子的意向，因为孩子想做的事情不一定是父母喜欢的。的确，如果孩子的喜好特别明显，其才能也特别突出的话，父母最好不要忽略。但是一般来讲，这句格言倒是很中肯："选择最好的生活道路，习惯会让你在这条道路上越走越好。"小儿子们往往成就更大，但是一旦其兄长被剥夺继承权，那么小儿子们的好运也就很难保全了。

论爱情

舞台比人生更关注爱情。因为对舞台来讲,爱情是喜剧最重要的元素,偶尔也会出现在悲剧当中。但在实际生活中,它变得没有那么重要,有时候像迷惑的妖女塞壬,有时候又像暴怒的复仇女神。你会发现,在那些伟人当中,无论古今,没有一个人因爱情而变得疯狂。这就证明了伟大的灵魂和伟大的事业确实将这一脆弱的激情排除在外。当然,你必须排除曾经统治过半个罗马帝国的安东尼,还有曾经担任过罗马行政官和立法官的克劳狄乌斯①。前者确实是一个沉溺酒色之徒,毫无节制;后者则是一位有智慧且俭朴苦行的人。因此看起来

---

① 克劳狄乌斯,公元前451年为罗马十执政之一。

（虽然只是偶尔看起来），爱情是可以找到入口的，它不仅可以进入敞开的心灵当中，而且如果其主人稍不留心，爱情也可以进入有戒备的心灵中。伊壁鸠鲁①有一句糟糕的格言："对我们两个来讲，互相就是一幕看不够的剧。"正如一个本应对苍天和尊贵之物凝神思考的人，却只跪拜在一个小偶像之前，尽管不是将自己变为一个口舌之徒（正像野兽那样），那么也变成了一个用眼凝视之徒，而眼睛本来是被赋予了更高的目的的。

过度的激情是件很奇怪的事情，它激起了人勇敢的天性和事情的价值。用持续的夸张言语来表达常常发生在爱情当中，而不是其他事情上。而且它也完全不适用于下面这句格言："恭维者们都清楚，最聪明的恭维者都是自己。"情人的恭维显然更甚，因为一个骄傲的人也不会如情人对他的爱侣那样如此不可思议地看待自己。有句话说得非常好："要同时拥有爱情和智慧是根本不可能的事情。"恋爱者的这一弱点也不只有外人能看清，其实除了那些陷入热恋的人之外，大多数被爱的人也都看得很明白。因为这里有一条真理——爱情总会

---

① 伊壁鸠鲁，古希腊哲学家，伊壁鸠鲁学派的创始人。

得到回报，要么是得到同等的爱情，要么是得到心里的轻蔑。那么人们应该在多大程度上了解这一激情呢？爱情不仅让人失掉了其他的东西，也让人失掉了自身。对那些失败者来讲，古代的诗人在他的诗歌中描述得非常恰当："帕里斯爱海伦，所以拒绝了朱诺（赫拉）和帕拉斯·雅典娜的礼物。"那些把爱情估价太高的人就会拒绝财富和智慧。这种激情就像洪水般袭来，而且每次都是在人软弱的时候，即在人欣欣向荣或经历厄运之时，虽然在人经历厄运之时受到爱情冲击的这种情况较少被人发现。其实这两种情况都会点燃爱火，并让爱的火焰烧得更旺，这就显示了爱情本身就是傻气的孩子。如果有人不得不接受爱，可以将其放在合适的位置，把爱情与自身生命中严肃的事情、行为等完全分开，这就是处理得当的爱情。如果爱情干扰了事业，那就会影响人的命运，使这个人完全没有办法达到他本该达到的目标。我不太明白为何军人总是沉溺于爱情，我想这可能正如他们沉溺于酒一般，因为危险往往只能消解于寻欢作乐之中。在人的天性当中有一种爱别人的倾向和冲动。如果这种施爱于人的倾向不仅仅是针对某一个人或某几个人，那么爱自然就会散播到众人中间，从而使人变得仁慈仁爱，就像我们有时见到的修士那样。夫妻之爱创造人类，友好之爱则使得爱更完美，而淫荡荒唐之爱则使人堕落。

论友谊

"喜欢孤独的人,不是野兽就是神"①,说出这句话的人可能也很难再说出其他如此简短却又将真理和谬误混在一起的言论了。因为对任何人来讲,如果对社会有天生的、隐秘的恨意和反感,都出自人性中那么点野兽的特性,此乃真理。但认为这是一种神圣的天性,又是谬误。除非这种恨意和反感不是出自某人希望获得孤独的快感,而是出自一种追求更高生活的爱与欲望。在某些异教徒那里,我们会发现上述情况——就像克里特岛人埃庇米尼得斯、古罗马国王努马、西西里岛人恩培多克勒和提亚那人阿波罗尼奥斯。在现实中,上述情况可

---
① 亚里士多德:《政治学》。

见于各类古代隐士和教会圣人。但是现代人几乎没有人了解什么是孤独，也不知道孤独可以扩展到何种程度。因为拥挤的人群并不是陪伴，一张张面孔只不过是一些图片的聚集，谈话也只不过是叮叮当当的铙钹响声，没有任何爱意。这种情况有句拉丁谚语略能描绘："一座都市便是一片荒野。"因为在大城镇里面朋友都分散而居，大多数情况下，很难找到像小地方小社区那样的友谊，但是我们可以走得更远一点。可以确定的一个真理是，如果没有友谊，那么世界只不过是荒野。甚至在这样孤独的场景中，如果有人在他的天性和情感的架构中都找不到合适的友谊，那么这也来自兽性，而非来自人性。

友谊的主要作用是心灵的满足，可以安抚心灵、宣泄情绪，而各种情感都可引起充沛的情感情绪。我们都知道停滞和窒息带来的疾病是最伤害身体的，人的思想也不例外：你可以吃撒尔沙这种植物来打开你的肝脏，吃铁来打开你的脾脏，吃硫华治疗你的肺，吃海狸香来打开大脑。但是除了朋友之外没有药可以打开心灵。对朋友你可以交流悲伤、快乐、恐惧、希望、疑虑、建议等任何需要敞开心扉的心情。

我们发现，以下这种情况发生的概率特别高，那就是君王和其他统治者的地位都建立在我们所说的友谊所带来的好处之上，这真是一件奇怪的事情。好多次为了友谊，他们常常不顾自己的安全和尊贵地位。因为君王们不可能收获友谊的善果，除非让他们自己能够培养一些真正的伴侣，并且平等地对待他们，而这常常导致不便。他们与好运的距离往往来自他们与属下和仆臣的距离。现代语言将这类人称为亲信，好像他们的高升是因为和君王过从甚密。但是罗马人更在乎他们的用处和结果，所以叫他们"分忧者"，因为他们可以借分忧与君王结成纽带。我们很清楚地看到不仅脆弱和情感充沛的君王们这样做了，而且那些做作的、最聪明、最有计谋的君王，也常常加入他们的仆从之间，他们把这些仆从也称作朋友，也允许其他人用同等的态度对待这些人，用一些私密朋友之间才会用的称谓称呼他们。

当苏拉统治罗马的时候，他门下有庞培，也被称作"伟大者"，以至于庞培觉得自己已经胜过苏拉。有一次，庞培让自己的一个朋友当上了执政官，而不顾及苏拉的需要，苏拉对这件事有些不满，开始用严厉的口吻说话，庞培竟然顶撞了他，而且还让苏拉闭嘴。因为毕竟更多的人喜爱朝阳升起而非夕阳落下。

说起恺撒，他的仆臣德基摩斯·布鲁图也掌握了这样的特权。恺撒在遗嘱中指定他为甥外孙之后的第二顺位继承人，但正是这个人具有把他推向死亡的力量。当恺撒因为一些凶兆，特别是妻子卡尔普尼娅的噩梦，打算解散元老院会议，这时候正是布鲁图把他轻轻地扶下主席位，告诉恺撒，他不希望让元老们失望，不希望恺撒等他妻子做美梦的时候才重开会议。从这件事可以看到布鲁图受宠信之深。正如安东尼在一封信中所说——这封信是西塞罗在抨击安东尼的言说时引用的——安东尼把布鲁图叫作"巫师"，因为他仿佛用巫术迷住了恺撒。

奥古斯都把阿格里帕[①]提升到高位，尽管后者出身卑微。当他向梅塞纳斯[②]征询对自己女儿的婚事的意见时，玛塞纳斯直接说，他或者将女儿嫁给阿格里帕，或者杀掉他——没有第三条路，因为奥古斯都已然让阿格里帕

[①] 阿格里帕，古罗马统帅，平民出身。
[②] 梅塞纳斯，古罗马政治家。

这么位高权重了。

在提比略当政的时候,塞亚努斯被提到很高的地位,以至于人家都把他们看成并称作一对朋友。提比略在一封信中说道:"鉴于我们的友谊,我从没有向你隐瞒过这些事情。"①元老院还捐建一座祭坛纪念这一友谊,就像是为女神建立祭坛一样。

更多类似的事情还发生在塞维鲁和普劳蒂亚努斯②之间,前者逼迫自己的长子娶了后者的女儿,并且经常允许普劳蒂亚努斯公开侮辱自己的儿子。在一封给元老院的信中,塞维鲁这样说道:"我如此热爱这个人,愿他比我更长寿。"③

如果上面这些君王都像图拉真或者马可·奥勒留这两位罗马皇帝那样,人们可能会认为这种行为出自他们善良的天性。但是上述这些人都如此狡诈、强势又严厉,并极端地爱着自己,这就最有力、最清楚地证明了虽然他们拥有世人不可比拟的尊贵地位,但仍然感到不

---
① 塔西佗:《编年史》第4卷第40章。
② 普劳蒂亚努斯,罗马统帅。
③ 李维:《罗马史》第75卷第15章。

足，好像缺了一半，除非找到一个朋友以获取完整。更重要的是，这些帝王都有妻子、儿子、侄子，但所有亲情都不可能取代友谊。

我们不要忘记康明[①]对其第一个主人勃艮第公爵查理的评述，他说查理从来不向外人吐露自己的秘密，尤其是那些让他最为烦恼的秘密。他继续评价道：这样的守口如瓶到后来损坏了，或者说毁掉了他的判断力。可以确定的是，康明如果愿意，他可以把同样的评价和判断给予他的第二个主人路易十一，他的讳莫如深真是折磨他不浅。毕达哥拉斯[②]的三字格言虽然深奥但却很实在："勿食心。"毫无疑问，如果我们给它一个更复杂的表述，就是说没有朋友可以敞开心扉者，是吃自己心的人。但是有一点令人惊奇（正是在这一点上我要将其看成是友谊的首要作用），那就是自己真心与朋友交流会产生两种相反的效果，可以让愉快增倍，也可以让忧虑减半。因为人将自己的快乐传递给好朋友的时候，他就会感到加倍愉快，而将自己的难过忧伤传递给朋友的时

---

① 康明，法国政治活动家、历史学家。
② 毕达哥拉斯，古希腊哲学家、数学家和音乐理论家。

候，他的悲伤也会减轻。所以有一点是确切的，友谊对人心所起的作用就像炼金术士的点金石对人体所起的作用一样，因为点金石对人体所起的作用虽然也是完全相反的，但是仍然对人体有益。即使不帮炼金术士说话，通常来讲也有一个明显的比喻，因为不管对身体来说，还是对人的思想来说，一方面要联合力量，并使得各种力量仍然保持其天然的作用；另一方面，这种联合也可削弱减轻各种外在力量的影响。

友谊的第二种作用特别有利于理智，就像友谊的第一种作用有益于情感一样。因为友谊确实让我们所经历的情感风暴变得平和，有平和的一天。友谊还可以照亮理智之光，让我们走出思想的黑暗和困惑。这种变化不仅是因为得到了朋友的忠诚的建议，而且在你得到忠告之前，任何杂乱想法，在与朋友交流谈心的时候都会厘清思绪。这样他就更容易表达自己的想法，可以更有头绪地整理思路，并且知道当这些思绪变成语言时是什么模样。最后他将变得更为明智。与朋友谈一件小事胜于一整天的沉思。地米斯托克利对波斯王说的那段话特别好："言谈就像展开的挂毯。"这就是说，形象都展示于图案当中，但是如果只保留在脑中不说出来，就像毯子折起来一样。说到友谊的第二种作用，也就是在开启理智方面，不仅仅限于那些能够给予忠告的朋友（这样的朋友确实是最棒的）。即使没有这样的朋友，人也可以自学，从而让自己的思想更加睿智，好像在石头上磨刀一般磨炼自己的心智，石头本身也不会被伤害。总而言之，一个人即使对着一尊雕像或者一幅画说话，也不要让自己的想法憋在心里不说出来。

为了更完整地说明友谊的第二种作用，还需要补充一下那些尚未被说清楚的点——那就是朋友真诚的建议。赫拉克利特①的一句晦涩名言说得好："纯光最佳。"可以确定的是，一个人从其他人那里收获的建议比他自己得出的结论更加公允纯粹。因为自己的判断往往受到情感和习惯的影响。同样，朋友给出的建议和一个人给自己的建议也有很大的区别，这就跟朋友的建议与奉承者的建议差别之大一样。因为没有一个奉承者能比得上本人，所以医治自以为是的最佳方法就是朋友的忠告。建议有两种，一种是关于品行的，一种是关于事

---

① 赫拉克利特，古希腊哲学家，爱非斯学派创始人。

业的。说到前者，保持思想健康的最好方法就是朋友的真诚忠告。一个人如果过于严厉地自我批评，这往往过于尖刻；如果读道德方面的书籍又有些平淡呆板；但如果能从别人那里发现自己的错误，这对我们来说是再合适不过的了。最好接受一个朋友的警告。很奇怪的是很多人竟然都犯了大错误，特别是那些大人物。因为他们不听朋友的劝告，毁掉了自己的名声和运气。就像圣·詹姆斯所说的那样，他们就像"那些有时候从镜子里观看，但是立刻忘记自己的相貌和个性"的那类人。

说起事业方面，一个人可能会认为如果他愿意的话，那么两双眼睛也不如一双眼睛看得多；或者，当局者总比旁观者清；或者，正在发怒的人和默念过二十四个字母的人一样明智；①或者步枪放在胳膊上和放在架子上一样可以击中目标。像这样，他尽可以发挥想象，以为自己便是一切的一切。但是当所有事情都过去后，才会发现那些好的建议才会帮助事业直达目标。

如果只是用零散的方式，也就是就一件事和一个

---

① 在彼时的英国，人们认为默念二十四个字母可以平息愤怒。——译者注

人商量，而就另外一件事咨询另一个人。这样当然也好（也就是说，也许这样比他什么都不问还强一些），但是他这样做就冒了两重风险：首先，他可能得不到真正可靠的忠告，除非忠告来自一个完美挚友，很少有人能够在给建议的时候不考虑自己的利益。其次，他得到的建议可能是具有伤害性的、不安全的（尽管是出于好意），而且可能既是祸根又是良药。

就像你生病找医生，找到了一个能够治好你的病但不了解你身体的医生，这样的话他可能使你眼前的疾病痊愈，但是却可能在另外一方面毁掉你的健康，就是说治好了疾病，但杀死了病人。但是一个朋友，一个完全熟悉你事业的朋友就会知道不要为了眼前的利益而招来其他的麻烦。因此，不要依赖零散的建议，因为这些建议可能是误导的。

友谊除了有以上两种高贵的作用（也就是平息情感和加强判断力）外，还有一个作用——就像是石榴，有许多的内核——我的意思是说，在所有的行为和场合中，友谊都可以有很大的帮助。这里，描述友谊作用的最好方式就是看看到底有多少事情是自己不能做的。然后就觉得以下这句古话说得有些保守:"朋友是另外一个自己。"因为朋友们带来的好处远远比一个人本身所拥有的要多得多。

世人有自己的生命时限,他们至死还牵挂着某些事情,比如安顿子女、完成事业,等等。如果一个人有一位挚友,他肯定会安息,因为朋友能确保其身后事得到很好的安排照料。所以就其所惦念的事情来讲,一个人就有了两次生命。人只有一个肉身,而这肉身被限制在一地,但他可以委托朋友办事。人自己不能亲身办的事情或者不能亲口说的话有多少啊?一个人很难自己表达自己的功绩,但又显得谦逊,更难为自己吹嘘。一个人有时候不能低声下气乞求什么,还有许多诸如此类的事情,但是所有这些事情如果出自朋友之口就会不失尊严。一个人有多种社会角色,这使得他有许多推脱不掉的关系,与儿子说话的时候就必得像个父亲,对妻子说话时就必得像个丈夫,对敌人说话时要考虑用词,但是和朋友说话就可以直抒胸臆,而不考虑这个人的身份。这类事情数不胜数,我会给一条规则:一个人在不能自如扮演自己角色之时,如果没有朋友,那他就可以退出舞台了。

论言辞

有些人在说话的时候更喜欢智慧的辞令,使自己所有的观点都得到支持,却不注重发现真相的判断力。好像了解什么可以说比了解什么需要思考更值得赞扬。有些人掌握一些固化的、老生常谈的主题,在这方面他们特别在行,也不想改变。这种贫乏的言谈在大多数时候都会十分乏味无聊,而且一旦人们察觉到,就会显得十分荒谬可笑。

讲话中最值得骄傲的部分就是开启话题,接着可以缓和话锋转移话题,这样的人仿佛在指挥一段舞蹈。在说话的时候,或者在交谈的时候,最好可以有所变化,用一些混杂的说话方式:谈论时事的时候加入论点,在叙述的时候加上推理,在提问的时候加上自己的观点,在开玩笑的时候带上一份真诚。因为老用一种方式说话是一件很无聊的事情。就像我们现在老说的"简直没劲儿"。

说到谈笑调侃,需要注意有些事情不可以成为调侃的对象——比如宗教、国家大事、伟人、任何人的当务之急和任何值得同情的事情。但是有些人认为言辞不犀利刻薄,就不能显示其智慧风趣,这就是应该加以阻止的倾向:

> 小伙子哦,请少用鞭子,多拉缰绳。①

一般来讲,人们需要知道风趣和尖刻之间的区别。可以确定的是,那些善于讽刺的人会让人害怕他们的机智,同样他们也要担心人家的记恨。那些提问多多的人会学到更多,也可以让别人满意,尤其是当他们针对别人所擅长的东西提问的时候,因为这样就给了别人乐于开口的机会。但是不要让提问变成麻烦,因为那就是考

---

① 奥维德:《变形记》第 2 卷第 126 章。

官考试了。要确定留给别人足够多的说话机会——如果有任何人过于善谈而占用了所有的时间,就要想办法打断他,然后将其他人引入谈话当中。就像音乐家们对待加利亚舞舞迷那样。

如果你对自己了解的事情假装不知道,那么下次你真不了解某事的时候,也会被认为可能其实是了解的,只是保持了沉默。一个人谈自己应该少之又少,而且要谨慎择言。我知道一个人爱说一句风凉话:"他想必要做一个智者,因为他谈自己谈得这么多。"只有在一种情况下,人才可以既称赞自己又不失体面,那就是谈论另外一人的优点,而他本人也同样具有这种优点。

议论到别人的时候一定要慎重,因为交谈应是一片野地,不应通向任何人的家。我知道英格兰西部的两位贵族,其中一位喜欢嘲弄人,但又喜欢在家中大宴宾客。另一位则喜欢询问到他家赴宴的人:"说实话,难道这里没有人被挖苦过?"客人们会回答:"这样的事情常常发生。"然后主人就会说:"我就知道他会毁了一桌好菜。"慎言好过流利的言谈。

与人交谈的时候,适合交谈对象的对话比好的话语和好的顺序更为重要。一番具有延续性的言谈如果没有好的对话和应答会显得迟钝。而善于回应和接话却不善于开启一个新话题，就会显得浅陋单薄。就像我们在动物界看到的那样，那些最不擅长奔跑的动物却非常善于转身，这就是猎犬和野兔的区别。如果在正式交谈之前有太多的铺陈，就会让人生厌，但如果一点铺陈也没有，又会显得突兀生硬。

论年轻与年长

年轻人如果不浪费时间的话,也会显得老成。但是这种情况很少发生。一般来讲,年轻人就像最初形成的想法,总不如第二次形成的想法那样睿智。人在思想上和年龄上都有年轻的时候,但是年轻人的创造力比年长的人要活跃得多,想象力之源泉更容易进入他们的脑中,就像他们更容易获得神启。

那些天性过度热情、有着强烈欲望和躁动不安的人直到过了盛年才可以成熟行事。就像恺撒和塞维鲁,关于后者,有人评价"他年轻的时候放浪形骸,几乎疯癫",但他可以算得上罗马皇帝中最能干的一位。冷静的性格可能使一个人在年轻的时候就做得很好,就像奥古斯都·恺撒、佛罗伦萨大公科西莫以及内穆尔公爵加斯东①等人那样。另一方面,年长的人如果还有热情,生机勃勃,那么对于事业来讲就是最好的性格。

年轻人更适合发明创造而不适合判断,更适合执行而不适合谏言,更适合新的计划而不适合已经稳定的事务。至于年长之人,因为年岁所带来的经验指导了年长的人,所以凡是经验之内的事情都可以用经验来指导,但在新事务上就可能误入歧途。

年轻人的错误会毁掉事业,年长之人的错误只会导致原来可以很快完成的事情要花更多工夫。年轻人在管理执行的时候,会承担超出自己能力的事情,挑起自己承担不了的重任,老是想直奔结果,而不考虑做事的方法和尺度;会很可笑地突然追寻他们偶然发现的某些原则;会突然用一些创新的方法,但是却招来不必要的麻烦;会在开始的时候用一些极端的弥补方法,但是后来发现全部是错的,却又不承认或者不取消这些做法,就像撒腿奔跑的马匹不知道停下来或转弯。年长的人反对的东西太多,商议的时间太长,太少冒险,太快后悔,

---

① 加斯东,法国名将、政治家。

很少把一件事情干脆地做完,满足于平庸的结果。

可以确定的是,最好的方式是这两种人都用。这样既对眼下有好处,因为这两种年龄的人都有各自的优点,可以纠正双方的不足,也对未来有利,因为年轻人可以虚心学习,而年长的人则可以言传身教。

最后,这样还对处理民间事务有好处,因为年长的人有权威,而年轻人受人喜欢。但是,从道德层面上看,也许年轻人应该占据主导地位,正如年长的人在政治上占据主导地位一样。犹太人拉比①在讲"你们年轻人需要见异象,你们年长的人需要做异梦"②这句旧约的经文的时候,指出年轻人比年长的人更接近上帝,因为异象所揭示的神谕比异梦更清晰。

而且,可以肯定的是,人越多地沉浸于这个世界,就会越被世俗所浸染,年岁确实有益于增加理解力,但不会让人在情感、愿望方面的优势增加。有些人太早熟了,也意味着他们会早衰。这样早熟早衰的人有三种:

---

① 拉比,指犹太人中的一个阶层,主要为有学问的学者,是老师,也是智者的象征。
② 《圣经·新约·使徒行传》第2章第28节。

第一种就像修辞学家希摩热内斯,他的书曾经如此精妙,但是后来就变得蠢笨。第二种有天生气质,但是这些气质是在年少的时候才可以显得光彩,而年老的时候就不行了,就像是流利华丽的言说只适合年轻人,不适合年长的人一样。西塞罗在如实评价霍滕修斯的时候就说:"他的风格依旧,但是那种风格已经不再适合于他。"①第三种在建功之初就赢得太高的名望,但是随着年龄的增长很难维持之前的名望。就像大西庇阿②,李维就评价道:"他后期的作为比不上他早期的功绩。"③

---

① 西塞罗:《布鲁图斯》。
② 大西庇阿,古罗马统帅和政治家,时年30岁就已经展示了他过人的战术素养。
③ 李维:《罗马史》。

论随从与朋友

花费太高的随从不被人喜欢,至少,当一个人使自己的尾巴变得更长之时,他就会让他的羽翼变得更短。我所认为的花费太高,不仅指的是消耗你的钱包,而且也指令人厌倦和胡搅蛮缠的人。一般来说,随从们除了要求主人提供基本的支持、推荐和保护以外,不应该再挑战更高的要求。

喜欢内讧、结小集团的人更不应该被赏识,这些人跟随你,并不是因为欣赏你的才华,而是出于对其他人的不满,这样安排自己可以对付其他人。如果接受了这样的人,我们就会出现比较糟糕的状况,也就是通常我们所说的大人物之间的误会。

喜欢自夸的随从，将自己视为主人的传声筒的那类人，会带来各种各样的不便，因为他们往往由于缺乏保守秘密的能力而破坏正事。这样就会带走主人的荣耀，而且还会让主人身陷别人的嫉妒当中。

还有一种跟随者很危险，事实上他们就是一些密探，专门打探主人家的秘密，然后把这些秘密告诉其他人。但是这些人在许多情况下很受欢迎，因为他们看起来很有用，而且常常给主人家传递他们交换来的传闻。

如果被地位相仿的人所追随，跟随一个本身很专业的人（比如说一个曾经参加过战事的人被军人所追随），这是一件很文明的事情，即使在君主国家也是如此，只要跟随者不要太过浮华或者太受欢迎就可以。最值得尊敬的一种被追随的状况是一个人可以使各种各样的人的品性都得益。但是，如果跟随者们没有特别明显的差异，那么最好选择那些能力尚可的人，而不是选择更为能干的人。除此之外，在卑劣的时代，说实话，活跃的人比善良的人更有用。

在政府中，最好是平等对待同一级别的官员，这的确是真理。因为特别支持那些卓越的人就会使他们变得傲慢，还会让其他人不满意，因为他们可能要求获得公平待遇。但圈养追随者则需要区别对待才好，因为这样就会使宠信之人更有感恩之心，而让其他人更努力。因为所有的一切都是主人的恩惠。

最初对待一个跟随者不要太过信任，因为被跟随者可能掌握不好分寸。被一个人控制（正如我们这样叫它）是不安全的，因为这样就会显示出软弱，会让丑闻和败坏名声的事情肆意传播。因为在这种状况下，即使那些不喜欢直接责难和说别人坏话的人，也会坦言主人的不是，从而伤害主人的名声。

但是，被许多人牵着走更糟糕，这让一个人的想法看起来受到各种影响，充满了修改的痕迹。采纳少数朋友的意见是值得尊重的。因为旁观的人总是比当局的人看到的更多，站在山谷底才能看清整座山脉。

世间友情甚少，而两者之间保持平等关系的友情更少，这种友情常常被人夸大了。友情只存在于上下级之间，也就是说一人的命运与另外一人息息相关。

论请托者

有人承接不好的事情和计划,这种私人托付损害了公众的利益。许多好事情却被有坏思想的官员接手——我所说的坏思想,不仅指腐败的思想,也指那些工于心计的思想,就是不办实事的想法。有些人接受请托,从来不想有效地解决,但如果他们看到这件事通过其他的方式有可能办成,他们就想要去赢得别人的感恩,或者从中获得二手的回报。或者,至少利用一下请托者的希望。有些人接受请托只是为了获取一些机会去见见某人,或者去打探什么消息,如果不是有人请托,他们就没有做这些事情的正当借口。当达到目的之后,他们就不关心受托的事情了,或者,把别人的正事当作自己的有计划的社交手段。不仅如此,有些人接受别人的请托就是一心想让别人倒台,到最后反而是满足请托者的对手或竞争者。

可以确定的是,在每一次请托当中,接手者都会获得一些权利。如果请托者想要通过托付而获得打官司的胜利,那么接手者就获得了公平的权利。如果是请托者想要获得某种职位,那么这个受托者就获得了赏罚评价的权利。

如果情感会引导一个人在审判中站在错误的一方,在处理这件事的时候就最好私底下解决。如果情感让一个人在判定职位的时候导向那个本不该获取这个职位的人,那么处理这件事的时候不要诽谤或者打击那个本该更适合这个职位的人。如果对别人托付的事情不是很理解,最好就这件事询问某些值得信赖、有判断力的朋友,他们会告诉你接手这件事是否合适,是否可以体面地处理好整件事情。但是要好好选择提供建议的人,不然的话就会被牵着鼻子走。

请求者如此厌恶拖延和欺骗,所以要么在最开始的时候就拒绝这个请求,要么就应该坦诚地报告事情的进展，不要祈求额外的感恩，这样做不仅是一种体面，也是一种高尚的品德。如果被人请求某种不适合自己的权利，那么首先要想到的是托付者的信任，而且如果本来要知道有关这个权利的消息，只能通过托付者的话，那么被托付的人就不要利用这个消息，而是告诉托付者可以用其他的方式达到目的，这又从某种方面回应了他的信任。

忽略了一个请求的价值是头脑简单，同样地，如果忽略了一个请求是不是正确就是缺乏良心。在执行一次请托的过程中保守秘密是关键，因为在推进的过程中大声宣扬这一请托的确可以击退另一些请托者，但同样可以激发唤醒其他一些人。请托的时机是有原则性的，我这里所说的时机不仅指的是要尊重那个掌握大权、推动事情进展的人，还要尊敬那些可能阻挠事情发展的人。

在选择请求对象的时候，宁可选择最合适的那个人，也不要选择最有权的那个人。要选择那些管理具体事情的人，不要选择那些整体上把握权力的人。如果一个人在被拒绝后没有表现出沮丧或不满，那么最初的拒绝可能转变为恩准。"想要一尺，就先要一寸"，这对于那些特别受到宠爱的人来讲是一套非常好的法则。但是如果这个人不是特别受到宠爱的话，那么他在请托中就要审时度势。因为那些施恩的人可能会毁掉、得罪第一次请托的人，但是却不愿意抛弃之前已经获得恩惠的请托者，也不愿意收回他之前所施与的恩惠。

我们可能会认为没有什么比请求一个大人物的推荐信更简单的事情了，但事实上，如果没有好的理由，不合适的推荐信就可能毁掉请求者自己的名声。没有什么比那些专门帮别人请托的人更糟糕的了，因为他们对于公共秩序来讲，只不过是毒药和病菌。

论礼节和尊重

只有那些真正拥有美德的人才可以不讲礼节,就像镶嵌贵重宝石不需要其他宝石的衬托。但是一个人比较仔细的话就会发现,人有赞誉和好的评价的话,就如同赚钱赢取利益一样。因为下面这句谚语的确是真理:"小利也可以使得钱包重起来。"因为小利可以积少成多,大利则只是偶尔会来临。因此,可以确定的是,在小事情上做好也可以获取大的赞扬,因为小事情可以引起持续的关注,但是大的美德则只是在节日上才会显示出来。如此看来,小举止真的可以增加一个人的名声,正如伊丽莎白女王所说,讲究好的礼节就像永久的推荐信。

要有好的礼节举止，首先就是不要蔑视礼节，因为这样的话一个人就能在他人身上发现优雅的部分。还有就是要自信，如果因为要表现礼节而费工夫，那就会失去优雅，优雅举止需要自然不做作。

有些人的行为举止就好像韵文一般，每一个音节都好像经过推敲。一个人如果太过拘泥于小节而不断打断自己的思路，又怎么可能举止大方从容。完全不讲求礼节就是教别人也不要礼貌地对待自己，也就是让别人减少对自己的尊重。特别是在正式的场合中，礼节必不可少。但是过分拘泥于礼节，把礼节的地位抬得比月亮还高，这样不仅仅让说话的人显得可笑，而且也减少了别人对其的信任。

毋庸置疑，有一种有效的、令人印象深刻的礼节传递方式，如果一个人可以发现它，利用它必然行之有效。在很熟悉的同僚同辈之中，可以保持一些庄重；在比自己地位低下的人当中，因为可以确定一定会受到尊重，因此不妨表现得亲切热络一些。在任何一件事上都过度之人，会让别人感到腻烦，让自己显得低贱。关注他人本是好事，但要注意，你的举止行为要显得是尊重对方而非出于心计。附和别人其实是一条很好的尊重别人的法则，但需要加上自己的意见。就好像你很肯定别人的观点，但是要加上一些差异性的看法。如果你跟随别人的举止行动，需要加上条件。如果你采纳别人的建议，也要提出进一步的理由。

人要知道自己在恭维人的时候不要太过分，否则即使你无可指责，嫉妒你的人也会指责你爱恭维，这样对你的其他美德不啻是一种贬低。如果在处理大事上总是过于尊重别人，或者在发现机遇的时候太过谨慎，也是一种损失。

所罗门说过："总是考虑风向的人难以播种，总是看云的人无法收获。"一个聪明人创造出的机会比发现的机会要更多。人的举止行为就像其外表，不要太整齐修饰，但是要随意，方便行动。

论赞誉

赞扬就像是美德的影子,但它犹如镜子,可以让我们看到自身,并进行反思。如果赞誉来自普通人,那基本上就是虚伪的、没有价值的,看重它的主要是一些虚荣的人而不是真正有美德的人。因为普通人并不懂得多少美德,他们所赞扬的只不过是最低级的美德,中级的美德就会让他们吃惊钦羡,至于最高的美德,他们一点也不会察觉到。那种夸耀的"虚假的笑容"最对他们的胃口。可以肯定的是,名声就像河流,轻的、浮夸的东西可以漂在其上,但是重的、稳固的东西则会沉入水底。如果赞誉来自有价值、有判断力的人,那么正如《圣经》所说:好的名声犹如香膏。这样的赞誉可以四处传播，不会轻易消逝，因为香膏的香味远比花朵的香味更持久。

赞誉有许多虚假之处，人们可以理直气壮地对赞誉保持怀疑。有些赞誉只不过是谄媚吹捧。如果是一个谄媚技巧一般的人，他会吹捧所有人。如果是一个非常有心机的谄媚者，那么他会跟随要谄媚的那个人，那个人究竟怎么样，那个人如何看待自己最棒的地方，然后这个谄媚者就会吹捧那个人自认为最棒的地方。如果是一个无耻的谄媚者，那么他就会观察一个人最大的缺陷、最丢脸的部分，然后把缺陷说成优点。有些赞誉其实是美好的祝愿和期望，这主要是针对国王和其他伟人应该有的尊重。"以赞扬为训诫。"通过告诉他们是怎么样的，实际上就是向他们展示了他们应该是怎么样的。有些人被人赞扬，事实上是恶意地让其受伤，也就是说这些赞誉为他们招来了别人的嫉妒。在希腊人中流行这样一句谚语："表面赞扬别人实际想伤害别人的赞扬者，会让自己的鼻梁生疮。"正如说谎的人会口舌生脓疱一样。

可以确定的是，适度的赞扬都出现在一定的时机和场合，而不是粗俗鄙陋的，这样才是有益的赞扬。所罗门说："那些早起大声赞美朋友的人，实际上是对朋友大加诅咒。"[1]过度炫耀一个人、一件事都会产生相反的效果，还会招来嫉妒和嘲笑。毫无理由、不分场合地表扬一个人不可能合理得体。但是赞扬一个人的工作能力和事业，就可以让他显得很优雅，而且还会显得崇高。罗马的红衣主教，有些是神学家，有些是神学学者，会鄙视嘲笑世俗的事务，因为他们把所有战争事务、使节事务、法官事务或其他非神职官员都叫作代理执政官，比执政官低下，好像这些人只不过是在代理行事职权。但是在很多时候，这些代理执政官都比红衣主教们做得更好。圣保罗在吹嘘自己的时候，常常说"我说话就像傻瓜"，但说到自己的使命时，他则说："我要赞美我的使命。"[2]

---

[1] 《圣经·旧约·箴言》第27章第14节。
[2] 《圣经·新约·罗马书》第11章第13节。

慢一点，
我们就会更快完成这件事

论旅行

旅行,对年轻人来讲,是教育的一部分,对年长者来讲,是经历的一部分。还没有学习一国语言而去一个国家旅行的人,其实就是去求学,而不是去旅行。我很赞成年轻人在导师或忠仆的带领下去旅行。随同人需要会那国的语言,并且在以前就去过那个国家。这样的话他就能告诉年轻人在即将到访的国家哪些东西是值得一见的,哪些旧识又是需要去拜访的,该地的风俗规则又是什么。不然的话,年轻人就会摸不着北,见识不到异域风情。

在海上航行时,只能看见蓝天大海,人们就喜欢记日记。但如果是陆地旅行,有如此多的事物要我们去发现，记录反而不多。好像偶然见到的东西比努力发现的东西更适合记载似的，因此让我们将日记物尽其用。

旅行过程中应该去看看和发掘的有：该国的皇家设施，特别是皇家接待各国使节的场面；司法机构，特别是当法官开庭之时；各个教会组织的宗教会议、教堂和历史古迹；参观城墙及城镇的防御体系，码头和海港，古迹和废墟，图书馆和大学，如果有答辩与讲演也应去观看；还要参观船只和海军，大城市附近壮观有趣的建筑及花园；参观军械库、大仓房、交易所和基金会；看马术、击剑、军训等此类的操演；看看上流人士喜欢的喜剧，以及奇珍异宝。一言以蔽之，要看到值得记忆的所有地方——这些都是导师或随从可以打探得到的。至于公众大典、化装舞会、盛筵、婚礼、葬礼、行刑等场面，人们不需要特别放在心上，但是也不要忽略。

如果你想要一个年轻人游览一个小国家，而且在短时间内观看尽可能多的东西，那么就必须做到：首先，正如上文说的那样，在出发之前他得了解一下当地的语言。然后他必须有一个导师或仆从，非常了解目的地，另外，他得带上一些描述目的地风情的卡片或书，这对他了解相关信息十分重要。他还要带上一本日记。在一座城市或小镇不要逗留太长时间。不仅如此,当他在一座城镇逗留之时,他应多变换居住地,从城市这头移到另外一头,这样就可以认识更多的人。少与本国侨民交往,多去本地人常聚集的餐馆就餐。当他更换新的旅行地点时,他要获得一些推荐信,将其推荐给当地的上流人士,这样他就可以获得上流人士的帮助,在短期的旅途中受益颇多。

谈到在旅行中结交的伙伴,那些最有益的伙伴便是各国使节的秘书雇员等,这样在一个国家旅行的时候,可以吸纳多国的经历。让他同时去拜访各种各样名扬四海的杰出者,那么就可以看到这些人的生活到底在多大程度上与其名望相符。说到争吵,这在旅途中要尽量避免——这些争吵大都为了情人、健康、座次和话语。与易怒、好斗的人一同结伴旅行要特别小心,因为可能会卷进他们的纠纷。旅行者回家之后,不要立刻把自己刚刚游览国家的人与事抛在脑后,而是要与最值得交往的那些熟人保持联系。让他的旅行经验呈现于他的话语当中,而不是反映在衣着举止当中。但在谈论旅行经验的时候，要小心回答，而不是直接去讲一个故事；不要让外国的风俗更改了本国的风俗，而应该是择外国风俗之精华融入本国风俗当中。

论时机

时运就像是自由市场,很多时候,如果你待久一点,价格就会下降。还有的时候,就像西比尔那套寓言集,刚开始的时候以整套全价售出,然后就一部分一部分烧掉,但是价格却没变。机遇,就像那则寓言所说,如果你开始抓不住额发,那么最后就只剩下后脑勺。俗语云:机不可失,时不再来。没有比能够及时抓住并把握时机的人更聪明。

危机曾经看起来十分可怕,但事实也并非如此。更多的危险其实是骗了人,而不是压制了人。不仅如此,在半途遇到危险是很有必要的,因为这样其实不会真的有危机,比危机来临还远远地观望要好。因为人若是观望太久，他很可能就懈怠困倦了。另一方面，被敌人月光下的幻影迷惑太久而过早出击，或者打草惊蛇，这是另一个极端。机遇之成熟与否无法完美估量。通常来讲，要像阿尔戈斯那样用自己的上百双眼睛去开启行动，同时要像布里阿柔斯那样用自己的上百双手臂去继续行事，这样才是最好的行事方法。也就是说一开始要观察，接着要有速度。冥王普路托的那顶帽子，即可以使政治人物隐身的那顶帽子，就是在商议事情的时候十分隐秘，而在执行事情的时候则十分迅速。因为一旦事情进入执行阶段，保密的方法就是迅雷不及掩耳，好像射出去的子弹，速度如此之快，目光也追不上。

论迅速

办理事情最危险的情况之一就是追求速度。就好像医学家所说的预先消化或者说快速消化，肯定会在体内留下粗糙的未消化物以及未知疾病的种子。因此，要估量办事情的快慢不要凭着所花费的时间，而要看看事情的具体进展。就像在跑步比赛中，并非跨步大或者抬脚高决定速度的快慢。

同样，在办理事务的时候，要紧跟事态进展才能加快速度，而不是一次性要办理许多事情。有人只关心在短时间内办完事情，或者想办法让事情看上去已经结束了，这样他们看起来就像是很有效率的人。但压缩时间是一回事，偷工减料又是另一回事。经由许多次会议和会谈的事情往往来来回回、兜兜转转，总是处于不确定的状态。我知道一个聪明人有一句口头禅，当他见到有人急于对某事进行了结的时候，说："慢一点，我们就会更快完成这件事。"

另一方面，真正追求速度又是很宝贵的事情。因为时间确实是衡量事情效率的尺度，就好像金钱是商品价值的尺度一样。办事如果太慢，那么付出的代价就会很高。斯巴达人和西班牙人已经被人注意到总是效率很低："让我的死神从西班牙来"，这话的意思是，那样肯定就会活得久一点。

要认真听取那些第一时间报告事情信息的人，最好是在一开始就指示他们，而不是在之后不断打断他们的谈话。那些被打断说话思绪的人就会来回重复，与其这样停下来回忆一番再讲，不如一直按照自己的思路顺序去讲，因为停下来回忆再讲会让叙述更加乏味。但有时候会议主席好像比发言者更令人讨厌。

重复往往是浪费时间。但不断重复问题要点则更节省时间，因为这样消除了许多可能随之而来的琐碎话语。长篇大论的发言需要加快速度，正如跑步的时候穿着有长长裙裾的袍子或斗篷，开场白、过渡、寒暄客套还有其他发言者的一些闲话都是在浪费时间。这看起来是谦虚，实际上是自夸。

但要注意，当你的意见与参加会议者的意见有分歧的时候，不要一开始就摆出观点立场。因为别人脑中原有的想法需要用开场白来消除，就像如果要让药膏即时进入体内发挥效用就要热敷一样。

总而言之，讲求秩序、合理分配，还有突出重点，是提高效率的关键。分配任务不可以太粗糙。因为那些没有被分配的人永远不可能很好地知道自己的任务所在，但是任务被分配得太多的人又会太忙。

选择时机就是节省时间，没想清楚的举动就像是在打空气。处理事情分为三个阶段：准备、讨论及实施。如果你想追求速度，那么只有讨论阶段需要很多人参与，第一阶段和第三阶段都要少人参加。

事务进程可以以书面形式写出来，这样可以最大限度地提高效率。即使它被全盘否决，这种否决也比没有进程可循的情况更具生产力，正如灰烬比尘土更有肥力一样。

论花销

财富是为了花费,花费为了荣耀和善举——因此过度花销需要依据事情的价值大小来加以限制。有人为了国家或者天国的利益甘愿破产。但是普通的花销应该凭一个人的财富来审度限制,量入为出,不要被仆人欺骗滥用。尽可能安排得体面一点,让实际的账单比外界估计的更少一些。可以确定的是,如果一个人只是想要保持收支平衡,他日常的支出须是他收入的一半。如果他想要增加收入,那么日常开支只能是收入的三分之一。

大人物询问清楚自己的财产并不会有失身份。有些人避免这样做不完全是疏忽,而是怀疑如果万一发现自己即将破产则会平添忧虑。但是如果真有伤口的话,你不寻找伤口，伤口也不会自行痊愈。

那些一点也不清楚自己财产的人需要好好地选择管理人员，而且要常常更换这些人。因为新人总是多些羞涩、少些诡计。那些很少清算自己财产的人需要对自己的收支做出明确的限定。如果一个人在某方面的花销很大，那么他需要在另一方面节省。比如他在餐费上支出巨大，那么就要在着装上节省；如果他在家中厅堂上花费很多，那么就需要在马厩上节省，诸如此类。那些在各种事情上都大手大脚的人很难避免家道中落。在清理债务的时候，太快或者拖延太久都不好，通常过快售卖和多付利息一样不划算。除此之外，一次性清理所有债务的人在发现他们有麻烦的时候，常要走借债的老路。但是那些逐步还清账目的人则容易养成节俭的习惯。这样他们的头脑与财产都会有所增长。可以确定的是，希望振兴家业的人就不要鄙视小事上的节俭：通常来讲，屈尊谋求小利益比在小事上节俭更降低身份。一个人应该在持续性的事情上节省，一旦开始，就会持续下去，但在那些一次性的大事情上则可以大手笔一些。

论健康之道

有一则智慧超越了身体法则：一个人的自我发现，不管是发现什么有益健康，还是什么有损健康，都是保持健康的最好法则。但是，还有一种说法——"这个健康法则并不适合我，因此并不会坚持"，比这种说法——"我没有发现这条法则有害的地方，所以我会坚持此道"更安全。年轻人天性中的力量会让一个人做一些过分的事情，这些事情在其到了一定年纪的时候就会有损健康。人需要注意到年纪的增长，注意不要一直做同样一件事情，因为人不得不服老。

要注意主要饮食上的突然变化，在必要的时候如果需要改变，那么其他的辅助食品也要跟着改变。因为不管是在自然之道还是国家之道上都有一个秘密法则，那就是许多事情一起改变比只改变一件事情更安全。要检视自己在饮食、睡眠、运动、衣着等方面的习惯，如果发现有任何有害的地方，就试着一点一点地改变。但是在改变的过程中，如果发现任何不适，就可以再回到原来的方式上。因为很难将对身体好的普遍原则与适合个体的独特法则区分开来。在一日三餐、睡眠和锻炼上都要保持开放愉快的心态，这是延年益寿的最好秘诀。关于思想情感，要避免嫉妒、焦虑、害怕、愤怒、内心烦躁、敏感、纠结、多疑、过度的欢乐和暗自神伤。应该保持乐观，要愉悦而不是过度兴奋，保持多种多样的欢愉而不过度。心怀景仰惊叹之情以及由此产生的好奇。要学会让自己的思想充满庄严而多彩的对象，例如历史、神话和对自然的深思。

如果你不用药物保持健康，那么一旦用药，身体就会不适应；如果滥用药，那么当真正生病的时候就不会有特殊的效果。我推荐随着季节变换选择相应的饮食，而不是频繁用药，除非已经养成了这样的习惯。因为饮食才会在不伤害身体的前提下从根本上改变体质。即使身体没有发生突然病变,也要时刻注意调养;在生病的时候,也要按原则调养,在健康的时候,则需要运动。因为平时注意锻炼和调养的人,在生小病的时候可以不用寻医问药,只需要注意饮食和稍微护理即可痊愈。塞尔苏斯①如果不是一个智慧的哲人,而只是医生,那么他绝没有可能说出下面这些保持健康和长寿的法则:人应该交替采取完全相反的生活方式,不过要倾向更加宜人的那一种方式。比如有时候节食,有时候饱餐,但更多的时候是吃饱;有时候保持警醒,有时候熟睡,但更多的时候是熟睡;有时候静坐,有时候运动,但更多的时候是运动,诸如此类。所以我们应该珍视天性,同时掌握一些后天的方法。有些医生是如此讨好迁就病人的喜好,以至于无法坚持正确治疗。还有些医生则过分地遵照疾病治疗的程序,却不考虑病人的实际情况。医生需要采取中立的态度,如果这样的医生很难找到,那么就各请一位医生综合他们的情况。生病的时候要请一位名声大的医生,但同样要请熟悉你身体状况的医生。

---

① 塞尔苏斯,古罗马医学家及编纂家。

论财富

我只能说财富只不过是道德的包袱。有一个罗马单词说得更好——impedimenta①，因为包袱是一种装备，财富对道德来讲也是如此——它既不可缺少，又不可被丢下，但却阻碍行军。有的时候为了顾装备就会丢掉或者说破坏胜利。大富大贵没什么用，除非财富能广为分发布施，其他的作用都是空想。所罗门说过："财富越多，就有越多消耗的地方，所有者除了看看它还有什么益处呢？"②任何人的个人花费都不可能消耗巨大的财富，对他们来讲只有保管钱财，或者有一种布施的权

---

① 包袱。
② 《圣经·旧约·传道书》第5章第11节。

利,或者徒有财富之名,但是没有实实在在的作用。难道你没看见有人为了让财富显得有用而开始一项工程?但是你可能会说,财富能使拥有者免于危险灾祸,就像所罗门说的那样:"在有钱人的想象中,财富就像一座城堡。"[1]这里表达得最妙的地方,就是这仅是一个想象,并非事实。因为钱财出卖人的情况远比他们救人的情况多得多。不要去寻求财富的虚荣之名,而是要取之有道、用之有度,同时能够快乐地施舍,才可以高兴地遗留下你的财富。但是也不要像修道士那样对金钱不屑一顾,甚至鄙夷,只要有所区分即可。就像西塞罗评价波斯图穆斯那样:"他追求财富增长不是为了贪欲,而是为了行善更有资力。"[2]所罗门也说不要急着敛财:"急于发财的人将失去清白。"[3]诗人们说财神普鲁图斯被朱庇特派遣的时候,他软绵绵的,总是慢悠悠;但是当他被冥王普路托派遣的时候,他奔跑,脚步特别快。这个故事是说,如果是靠正当方法和诚实的劳作获取钱

---

[1] 《圣经·旧约·箴言》第5章第11节。
[2] 波斯图穆斯是古罗马银行家及元老,这里西塞罗指的是其文。语出自西塞罗《为波斯图穆斯辩之二》。
[3] 《圣经·旧约·箴言》第28章第20节。

财，那就是很慢很慢的；但如果靠着他人的死亡获取钱财，比如通过继承之类的，那么财富好像从天而降——如果把普路托看成是魔鬼，这样的比喻也挺合适的。因为财富来自魔鬼（比如欺骗、压迫或者不正当手段），那的确来得很快。致富的方法有许多，但是大部分是邪路。吝啬是其中最好的方式，但是却不单纯，因为它阻止人们乐善好施。提高土地利用是最合理的致富方式，因为这是大地母亲的恩赐。但靠土地发财却很慢。如果富有的人可以好好经营土地，其财富肯定会大大增加。我认识一个英格兰贵族，他在当时需要被政府审计的财务超过任何人——他有大量的麦田，拥有大量羊群和木材，还拥有煤矿、铅矿和铁矿等资源。对他来讲，大地就像是源源不断的财富海洋。有人这样评价："他发小财很难，发大财却很容易。"因为如果一个人像他那样拥有如此多的储蓄积累，就可以囤积居奇等待大的销售市场，与人合伙经营年轻人的行当，这样就会赚大钱。一般的买卖和事业都是诚实的，而且主要依靠两件事：一个是勤劳，还有就是诚实和公平交易。但是靠哄抬价格发财，等着人们要买必需品时升价发财，还有依靠雇员和代理人招揽生意，排挤其他可能更有生意竞争力的对手等行为就是狡猾奸诈了。说起投机买卖，就是买了自己不用，而是倒卖出去，通常会赚两倍的价钱，也就是既赚了买家的钱又赚了卖家的钱，如果选择的伙伴可靠，那么一起合作经营的确会大大盈利。放高利贷肯定也是一种盈利的方式，但也是最糟糕的一种方式。因为放债的人让别人流汗，自己吃面包。不仅如此，他们还在周日安息日获取利益。高利贷虽然可靠，但也会有瑕疵，因为公证人和中间人常常为了自己的利益替没有偿还能力的人做信誉担保。如果你足够幸运，能成为首位发明者或专利者，那么这也的确能带来横财，就像最先在加那利群岛做糖的那帮人。因此，如果一个人能真正成为逻辑学家，既有发明的才能又有判断能力，特别是如果时机合适，那他一定可以稳赚一把。靠固定收入生活者很难成为巨富。那些下决心冒险的人，却常常破产陷入贫困。因此，最好是有一份固定收入保证投机冒险，这样即使冒险失败还有退路。在那些没有严格限制的地方，垄断和囤积居奇的确是发财的好方法，特别是参与者有智慧预见什么东西将有大量需求，就可以事先大量囤积。如果是依靠做官来发财，尽管是最好的，但是当做官的人靠阿谀奉承、讨好和走狗的嘴脸来发财时，那么可以说是最糟糕的了。至于"取得遗嘱及遗嘱执行人的身份"（像塔西佗说塞涅卡那样："用网捕捞遗嘱和遗孤监护权"），这更加卑劣，因为这是在讨好一些卑鄙小人。

不要太相信那些看上去鄙视财富的人，认为他们对财富不抱希望。他们一旦发迹也会珍惜财产。不要在小钱上耍小聪明，财富长着翅膀，有时候自己就飞走了。有时候你放飞财富，它们可能带来更多的财富。人们都会将财产留给孩子或者捐给社会。合适的分配可能让两方面都受益。一笔可观的遗产留给一个继承人就好像为各种猎食禽鸟留下了诱饵，对这个继承人进行围攻，特别是如果他尚未成年，且没有判断力。同样，虚夸的赠予和基金就像没有盐的祭品，只不过是装饰一番的救济的墓冢，很快就会腐败。因此不要用数量做捐赠的标准，而是要用标准来决定捐赠的用途。不要在快死的时候才捐财产，如果一个人合理地判断一下，就会知道这样做与其说是在捐自己的财产不如说是在捐他人的财产。

论习惯和教育

人的思想总是跟随其倾向。他们的言谈总是跟随他们所学和所接受的观念。但是他们的行为则跟随他们长期养成的习惯。因此，就像马基雅弗利很好地注意到的那样（尽管是在谈一桩很丑陋的事情时谈到的），天性的力量是不可信的，言辞豪迈也不可信，除非它们能被习惯证明。他指出，如果要达成刺杀君王的密谋，主谋者不要相信任何人的残暴天性，或者说可以完成任务的豪迈语言，而是看看他之前有没有双手沾满血渍。但是马基雅弗利并不知道有一位克莱门特[①]，也不知道有位

[①] 克莱门特，于1589年刺死法国国王亨利三世。

拉维拉克①,不知道会有位若雷吉②,也不知道有位热拉尔③。尽管如此,他所说的原则仍然有效,那就是天性或者豪言壮语都不如习惯可靠。现时对神秘宗教力量如此狂热,以至于首次干血腥之事的人也和屠夫一样凶残。在杀戮之事上,决心的力量已经跟习惯的力量旗鼓相当了。在其他事情上,习惯在各方面的主导性显而易见,就这方面而言,一个人可以看见人忏悔、断言、许诺或者夸海口,然后做事时还是像以前一样,好像他们是傀儡或机器,只能靠习惯之轮运转。我们也会看到习惯的统治和暴政,它的确是这样的。印度人(我指的是天衣教的信徒)喜欢安静地将自己置于一堆树木上,然后火化献祭。不仅如此,妻子们还要争取和她们的丈夫的尸体一起火化陪葬。古代的斯巴达少年习惯在狄安娜④祭坛上受鞭刑,而且一声不吭。我记得在英女王伊丽莎白时代之初,一个爱尔兰反抗者被判决死刑,他曾上书总督要求吊死他的时候用藤条,不要用绳索,因为按照爱尔

---

① 拉维拉克,于1610年刺死法国国王亨利四世。
② 若雷吉,于1582年刺伤威廉亲王。
③ 热拉尔,于1584年刺死威廉亲王。
④ 狄安娜,古罗马神话中的月亮女神和狩猎女神。

兰的惯例，绞死叛逆者都要用藤条。俄罗斯的一些修士为了苦修，会在一盆水中坐一整夜，直到冻成硬冰块。

关于风俗加诸肉体和精神的强力，这样的例子还有很多。因此，既然习惯是人生命中主要的管控力量，我们就要用各种方法养成好习惯。当然，在人年少之时，习惯最容易养成，我们把这称作教育，也就是说教育只不过是早期的习惯。所以，我们可以看到，年轻人比起成年人，其口音在所有表达和声音当中是最容易受到影响的，其关节对所有的活动技巧来讲是更灵活的。因为晚学者不可能如此好地掌握技巧，除非他们在脑中保持这样的想法，即总是保持开放的心态，准备好接受不断的修正，但这样的人实在很少。如果说简单的、个体的习惯性力量很大，那么联合起来的习惯力量就更大了。因为在集体中有榜样教导、同伴鼓励、竞争鞭策、荣耀指引，所以习惯性的力量就无比扩大了。毋庸置疑，人天性中的优点的增加，关键在于社会团体规范良好、纪律严明。因为国家和政府只鼓励已经形成的美德，但却不播种美德的种子。但悲哀的是，各种最有效的方法都用于达成某些不应该期望的目标。

论协商

要协商事情的话,亲自谈话比写信要好,有第三位协调人比亲自上阵要好。当一个人要用信件回复一件事情的时候,或者这封信是为了让某人之后可以作为凭证的时候,或者当面谈可能受到阻断或者断章取义的时候,比较适合用信件来交往。而下面的三种情况则比较适合当面协商:其一,当某人在谈话中处于受人尊敬的地位之时,比如他和身份较低的人洽谈的时候;其二,在洽谈一些比较微妙的事情之时,这时我们的眼睛得盯着对方以确定未来事情的发展方向;其三,一般来讲,一个人要对自己所说的话保留否定和解释的自由之时,当面洽谈也比较合适。

在挑选替自己出面协商事情的人的时候，最好选择那些简单直爽的人，因为这些人会比较忠实，对事情的后续发展会如实反馈，这些人比那些试图通过介入他人之事而扬名的狡诈之人要好得多，后者会在汇报事情的时候只报告好的方面，以博取欢心。还可以雇用那些能在其所负责的事情上影响进展的人，这样就会大大加快事情的进展。那些适合办理某事的人，比如直言不讳的人可以去告诫某人，说好话的人可以去说服某人，工于计谋的人可以去试探某人，耿直的人则可以去协商一些违背常理的事情。还可以任用那些曾经被你雇用过并且很幸运，可以在协商中占尽优势的人，因为这些人会很自信，他们也会努力坚持自己提出的条件。

在协商事情的时候，最好要先清楚对方的意图，而不是首先陷入一种观点，除非你故意要用某些短问来震慑对方。最好是和一个有要求的人去协商。如果某人已经和其他人达成协议，那么谁先执行这个协议就变得十分重要。如果要合乎情理地要求对方，应做到以下几个方面：其一，这个协议的性质是让对方必须先履行义务；其二，劝说对方相信在另外一件事情上仍然需要他；其三，证明自己是非常诚信的人。所有的协商都在于了解对方，还有对对方做劝说工作。人暴露自己的时候，总是在自己被信任，有激情，疏于防范，有需要，或者找不到借口的时候。如果你要做任何人的工作，你必须知道他的性格或做事方式，然后引导他；或者了解他的目的，这样就可以说服他；或者知晓他的弱点，这样，可以强迫他；或者清楚那些对他有影响的人，这样，可以控制他。在与奸诈的人协商的时候，我们须考虑其目的并且理解他所说的话。要对这些人少说话，而且所说的话要超出其预想。在所有困难的协商中，不要急于播种和收获，而是要精心准备，在合适的时候再收获成果。

论学习研究

学习是为了快乐，为了个人成长，为了能力提升。对于快乐来说，学习的主要作用是为了在私人领域获得快乐，并获得休息。对于个人成长来讲，主要就是在对话的时候可以更加优雅。对于能力提升来讲，就是说在做事的时候更有判断力和倾向性。因为，专业的人可以在一件件具体的事情上有决断力和执行力，但是说起从总体上去把握一件事情的建议、进展和安排，最好还是要从学习中得来。在学习上花费太多时间是因为怠惰，而将学习所得过多地用于提升口才就显得矫揉造作。完全按照规则来做决断是学究们的特点。

学习可以完善天资，而这种完善是经由经验得来的。因为即使拥有天生的能力，也需要学习来精进，就像植物需要修剪一般。学习本身所覆盖的面是很广的，除非可以跟具体的经验相联系，不然就会漫无目标。有心计的人看不起学习，简单的人钦羡学习，聪明人会利用学习，因为书本身不会告诉人它的用处，但是不学习或者超越学习的智慧是通过观察来获得的。读书不是要故意去反驳和辩论，也不是要不加思考地相信，更不是要找谈资和话题，而是要衡量和思考。有些书浅尝辄止即可，有些书则需要好好去啃，只有很少的书需要去好好品味消化。这就是说，有些书只需要阅读一部分；有些书可以读，但是不要一直好奇；只有少部分书需要全部阅读，而且要全心全意地阅读。有些书还可以通过代阅人来阅读，也就是说让别人来汲取精华供我们学习。但是这样的阅读方法只能放在那些不甚重要的问题上，或者类似的书上。浓缩过的书就像蒸馏过的水，寡淡无味。

阅读让一个人充实，谈论可以让人有所准备，写作可以让人精准。因此，如果一个人几乎不写作，他就必须有好记性。如果他几乎不交流，那么就必须有智慧。如果他几乎不阅读,那么他需要更多的技巧让自己看上去并不是那么无知。历史会让一个人变得明智,诗歌让人机智,数学让人敏锐,自然哲学让人深沉,道德伦理学让人庄重,逻辑和修辞让人善于辩论:"学都成性"①,不仅如此,在心智上的障碍也可以通过合适的学习来解决。正如身体的疾病需要适度地锻炼:保龄球对膀胱和肾脏有好处,射箭对肺部和胸部有好处,散步对胃部有好处,骑马对头脑有好处,等等。所以,如果一个人的心智彷徨不定,就让他学习数学,这样可以锻炼集中注意力,他在演算证明的时候一旦分散注意力,就得重新来一遍。如果一个人不善辨别差异,那么就可以让他学习学院派的人,因为他们总是"分类清晰,不厌其烦"。如果一个人不善于克服问题,不善于由一件事情推导和描述一件事,就让他去研究律师的案子——这样所有心智上的缺陷都会有特殊的治疗方案。

---

① 奥维德:《列女传》。